PADDINGTON
EXPLORATEUR

Illustré par PEGGY FORTNUM

Traduit de l'anglais (Grande-Bretagne)
par JEAN-NOËL CHATAIN

Titre original

Paddington Abroad

Première publication en langue originale
par William Collins Sons and Co.Ltd en 1961
et par HarperCollinsPublishers en 1997

Texte © Michael Bond, 1961
Illustrations © Peggy Fortnum et William Collins Sons and Co. Ltd., 1961
Tous droits réservés.

Couverture adaptée et colorée par Claude Combacau
d'après l'illustration originale de Peggy Fortnum

Retrouvez Paddington sur
www.paddington.com

© Éditions Michel Lafon, 2015, pour la traduction française
118, avenue Achille-Peretti
CS70024-92521 Neuilly-sur-Seine Cedex
www.lire-en-serie.com

SOMMAIRE

1
LES PRÉPARATIFS

Paddington se retrouvait dans une vraie pagaille. Comme c'était un ours qui s'attirait souvent des ennuis, ça ne le surprenait pas vraiment. Mais en contemplant l'état de sa chambre, même lui devait bien admettre que c'était encore pire que d'habitude.

Il y avait des cartes routières étalées et des morceaux de papier partout, sans parler des taches de marmelade douteuses et d'une longue traînée de traces de pattes. Celles-ci démarraient sur une grande carte de Londres et, au milieu, près de la première empreinte, on voyait un cercle indiquant l'emplacement de la maison des Brown, au 32 Windsor Gardens.

La traînée d'empreintes partait de cette adresse et traversait la carte vers le sud, passait par-dessus le lit, puis se prolongeait sur une autre carte posée par terre. Ensuite, elle continuait, toujours vers le sud, jusqu'à atteindre la mer de la Manche, puis sur une troisième carte près de la fenêtre qui représentait le littoral nord de la France. À cet endroit, le parcours s'achevait en un tas de miettes de gâteau, de taches de marmelade et une goutte d'encre rouge.

Paddington poussa un profond soupir en trempant la patte d'un air absent dans la marmelade. Il tenta de s'accroupir et d'observer sa chambre avec les yeux mi-clos mais, au ras du sol, avec tous ces creux et ces bosses, le désordre paraissait pire.

Juste au moment où il allait s'allonger et réfléchir à la question, un bruit de couverts et des pas dans l'escalier le ramenèrent à la réalité.

Paddington se redressa d'un bond, l'air coupable, puis se hâta de pousser tout son bazar sous le lit. Même s'il avait d'excellentes explications pour le justifier, il était sûr que ni Mme Brown ni Mme Bird ne voudraient les entendre… surtout à l'heure du petit déjeuner, quand tout le monde était en général très pressé.

— Tu es réveillé, Paddington ? lança Mme Brown en frappant à la porte.

– Non… pas encore, madame Brown ! répondit Paddington d'une voix étouffée, alors qu'il tentait de glisser son pot de marmelade sous l'armoire. Je pense que mes paupières sont collées.

Comme c'était un ours d'une grande honnêteté, Paddington ferma les paupières et ronfla plusieurs fois, tandis qu'il rassemblait le reste de ses affaires. Après avoir retrouvé son porte-plume et sa bouteille d'encre qu'il cherchait à tâtons, il s'empressa de les glisser dans son chapeau, puis enfonça celui-ci sur sa tête. Il replia ensuite les dernières cartes et traversa la pièce tant bien que mal.

– Que se passe-t-il donc, Paddington ? s'exclama Mme Brown lorsque la porte s'ouvrit tout à coup et qu'il apparut.

Paddington manqua tomber à la renverse en la voyant tenir son plateau de petit déjeuner.

– J'ai cru ouvrir un placard, madame Brown ! s'écria-t-il en cachant aussitôt ses cartes derrière son dos, avant de reculer vers le lit.

– En effet, dit-elle en le suivant dans la chambre. Je n'ai jamais entendu un tel remue-ménage.

Mme Brown scruta la pièce d'un œil méfiant, mais tout semblait se trouver à sa place, si bien qu'elle reporta son attention sur Paddington, à présent assis dans son lit avec une expression très étrange.

– Tu es sûr de bien aller ? demanda-t-elle, inquiète, en posant le plateau devant lui.

Un bref instant, Mme Brown avait cru voir, effarée, couler un filet rouge sur l'oreille gauche de Paddington. Mais avant qu'elle puisse examiner cela de plus près, il avait davantage enfoncé son chapeau sur sa tête. Néanmoins, Mme Brown hésita à s'en aller, car elle craignait le pire.

Paddington, pour sa part, préférait la voir se dépêcher de partir. Dans sa hâte à tout ranger, il avait oublié de reboucher l'encrier, caché sous son chapeau, et le haut de sa tête commençait à être tout trempé.

Mme Brown soupira en fermant la porte. Par expérience, elle savait qu'il était difficile d'obtenir une explication de Paddington lorsqu'il n'était pas d'humeur.

Elle retrouva Mme Bird à la cuisine et l'informa du drôle de comportement de Paddington.

– À mon avis, dit la gouvernante, ce jeune ours n'est pas le seul à se comporter bizarrement dans cette maison. Tout ça, c'est à cause de *vous savez quoi* !

Mme Brown ne pouvait que l'approuver. Depuis la

veille au soir, on assistait à un vrai chambardement chez les Brown.

Tout avait commencé quand M. Brown était rentré du travail avec une pile de cartes routières et des brochures en couleurs, avant de lancer à la cantonade qu'il les emmènerait en France pour les vacances d'été.

En un clin d'œil, la paix et la tranquillité habituelles du 32 Windsor Gardens avaient totalement disparu, pour ne jamais revenir.

De l'heure du dîner jusque tard dans la soirée, les vacances occupaient toutes les conversations. On avait récupéré les vieux ballons de plage et les maillots de bain laissés à l'abandon dans les placards, on avait discuté de tas de projets, et Mme Bird avait déjà commencé à laver et à repasser une petite montagne de vêtements pour le grand jour.

Paddington en particulier était très emballé par la nouvelle. Depuis qu'il était membre de la famille Brown, on l'avait emmené à un certain nombre d'excursions à la journée qu'il avait toutes énormément appréciées, mais il n'était jamais réellement parti en vacances et il attendait cela avec impatience. Pour ajouter à son enthousiasme, M. Brown, dans un moment de grande générosité, lui avait confié la responsabilité de toutes les cartes routières et d'une chose appelée « itinéraire ».

Au début, Paddington hésitait beaucoup à se charger de ce fameux « itinéraire » qui semblait si important. Mais après que Judy lui eut expliqué qu'il s'agissait simplement d'une liste des endroits qu'ils visiteraient et des activités qu'ils feraient, il avait aussitôt changé d'avis. Paddington aimait bien les listes, et une liste de « choses à faire » lui paraissait drôlement intéressante.

Alors qu'elle discutait du sujet avec Mme Brown en faisant la vaisselle, Mme Bird déclara d'un ton lugubre :

– À mon humble avis, si ce jeune ours se charge des cartes, il nous faudra une bonne quinzaine de jours. Et nul ne sait où tout cela pourrait nous mener.

– Ma foi, soupira Mme Brown, au moins ça lui fait plaisir. Vous savez à quel point il aime écrire des tas de choses.

– Hmm ! fit la gouvernante. Il va en mettre partout sur les draps. Lui confier l'itinéraire, franchement !

Pour avoir lavé beaucoup de draps, Mme Bird savait que l'encre et Paddington ne faisaient pas bon ménage. Mais en l'occurrence, elle n'avait pas besoin de s'inquiéter, car Paddington avait à ce moment-là cessé d'écrire. En fait, il se tenait assis sur son lit et étudiait une grande feuille de papier à dessin qu'il tenait entre les pattes.

Tout en haut de la feuille, en grosses lettres rouges, était inscrit en guise d'en-tête :

ITINÉRÈRE PAR PADINGTEUNE

suivi de l'empreinte de sa patte pour prouver l'authenticité du document.

Paddington n'était pas très sûr de l'orthographe d'«itinéraire», d'autant qu'il n'avait pas trouvé le mot dans le dictionnaire de M. Brown. À vrai dire, ça ne le surprenait pas vraiment. Paddington n'avait pas une grande estime pour les dictionnaires et affirmait que chaque fois qu'il cherchait un mot difficile, il ne le trouvait jamais.

Le premier élément de la liste était le suivant :

7 heures – Petit déjeuné kopieux

Ensuite venaient :

8 heures – Déparre de la maison (32 Windsor Gardens)

9 heures – Kasse-kroute

11 heures – Pause-chokola

Paddington relut la liste plusieurs fois, puis la rangea dans le compartiment secret de sa valise. Programmer des vacances – surtout des vacances à l'étranger – se révélait bien plus compliqué qu'il ne l'avait imaginé.

Il décida donc qu'il valait mieux consulter son ami M. Gruber sur la question.

Quelques minutes plus tard, après une toilette de chat, il dévala l'escalier, prit la liste des commissions préparée par Mme Bird et son cabas à roulettes, puis fila de la maison avec une lueur déterminée dans les yeux.

Après une courte pause à la boulangerie, où il avait une commande régulière de petits pains bien frais, Paddington obliqua bientôt dans Portobello Road et prit la direction de la brocante de M. Gruber, dont la vitrine regorgeait de tout un bric-à-brac de curiosités.

Comme Paddington, M. Gruber aimait prendre un chocolat chaud accompagné de petits pains, si bien qu'ils discutaient souvent ensemble en faisant leur pause-chocolat de onze heures. M. Gruber avait beaucoup voyagé dans sa jeunesse et Paddington était sûr qu'il saurait tout ce qu'il y avait à savoir sur les vacances à l'étranger.

Le brocanteur fut aussi enthousiaste que Paddington quand il apprit la nouvelle et il l'entraîna sur-le-champ vers son canapé garni de crin de cheval, à l'arrière de la boutique, un coin réservé à toutes leurs discussions importantes.

– Quelle agréable surprise, monsieur Brown, dit-il en faisant chauffer une casserole de lait sur le poêle. Je suppose qu'il n'existe pas beaucoup d'ours qui partent en vacances à l'étranger, alors vous devez en profiter au maximum. Si je peux vous aider en quoi que ce soit, n'hésitez pas !

Tout en préparant le chocolat, M. Gruber écouta attentivement les explications de Paddington, et son visage prit un air grave.

– Je dois dire que s'occuper d'un itinéraire me semble une lourde responsabilité pour un jeune ours, monsieur Brown.

Il tendit à Paddington une tasse de cacao fumante en échange d'un petit pain et ajouta :

– Je vais voir ce que je peux faire.

Et sans plus de cérémonie, M. Gruber se mit à quatre pattes, puis commença à farfouiller parmi une pile de vieux livres rangés dans un carton, derrière le canapé.

– En ce moment, tout le monde a l'air de séjourner à l'étranger, monsieur Brown, dit-il en tendant quelques livres à Paddington. J'ai eu toute une série d'ouvrages sur la France et j'espère que vous trouverez ceux-ci utiles.

Les yeux de Paddington s'écarquillèrent de plus en plus à mesure que sa pile de livres montait, et il faillit tomber à la renverse quand M. Gruber se dressa d'un coup en brandissant un vieux béret.

– Il est un peu grand, dit-il comme pour s'excuser, en le regardant à la lumière. Et il semble avoir un ou deux trous de mites. Mais c'est un vrai béret français et je vous invite à le porter !

– Merci beaucoup, monsieur Gruber ! Je suppose que les trous de mites me permettront d'y glisser mes oreilles. Les oreilles d'ours ne se plient pas bien.

– En tout cas, j'espère que tout vous sera utile, dit M. Gruber, ravi de faire plaisir à Paddington. Il vous faut beaucoup de livres pour programmer un itinéraire, alors mieux vaut en avoir trop que pas assez. On ne sait jamais ce qui peut arriver à l'étranger, monsieur Brown.

M. Gruber lui expliqua ensuite certaines choses que Paddington verrait en vacances, et il s'écoula un petit moment avant que Paddington n'essuie la dernière tache de cacao sur ses moustaches et ne se lève pour partir. Le temps passait très vite en compagnie de M. Gruber, parce qu'il rendait toujours les choses bien plus captivantes que la plupart des gens.

– Je suppose que vous aurez des tas d'anecdotes à raconter dans votre album de souvenirs, monsieur Brown, dit le brocanteur en aidant Paddington à remplir son cabas à roulettes. J'ai hâte de lire le récit de vos aventures !

Tandis que Paddington disait au revoir de la patte et s'éloignait en vacillant sous le poids de tout ce qu'il emportait, il était de plus en plus gagné par l'enthousiasme. Son cabas pesait si lourd que l'ours avait beaucoup de mal à le diriger dans Portobello Road, et il faillit même percuter une ou deux charrettes de fruits et légumes qui bordaient la rue.

Sans compter que tant de choses se bousculaient dans sa tête qu'il ne savait pas trop par laquelle commencer. Il avait surtout hâte d'essayer son nouveau béret, et certains livres de M. Gruber semblaient très intéressants. Finalement, il décida de se reposer un peu et de tester les deux.

Il posa donc son vieux chapeau par terre, ajusta le béret sur sa tête, puis commença à sortir l'un après l'autre les ouvrages de son cabas.

D'abord, il y avait un dictionnaire. Puis un livre de cuisine française, rempli de recettes et de photos de plats en couleurs qui le firent saliver. Ensuite, il tomba sur un ouvrage avec des tas de cartes et de plans, bourré de conseils sur les choses à voir et à faire, puis il sortit encore d'autres livres avec beaucoup d'images.

Paddington découvrit enfin le tout dernier ouvrage, qui semblait très sérieux avec sa reliure en cuir et son titre *Expressions utiles pour le voyageur à l'étranger* écrit en lettres dorées sur la couverture.

Avant de le sortir du cabas, Paddington traversa la rue et alla se nettoyer les pattes dans une fontaine. M. Gruber lui avait expliqué que ce livre était très ancien, en lui demandant d'y faire tout spécialement attention.

Puis Paddington revint s'asseoir et commença à examiner l'ouvrage. Celui-ci se révélait des plus inhabituels et l'ours ne se souvenait pas d'en avoir jamais vu de semblable. Au début, il y avait le dessin d'une voiture très ancienne tirée par quatre chevaux blancs. Puis, à mesure qu'il tourna les pages, il vit défiler des tas de phrases et d'expressions en français, avec des images pour illustrer les sujets abordés.

Paddington se plongea tellement dans le livre qu'il en oublia totalement où il se trouvait. Une phrase intéressante avait attiré son attention : « Ma grand-mère est tombée de la diligence et a besoin qu'on s'occupe d'elle. »

Paddington était certain que ce serait très utile si Mme Bird avait la malchance de dégringoler en marche de la voiture de M. Brown. Il testait donc la phrase en agitant les pattes comme semblait le faire l'homme sur l'image.

Pour son plus grand étonnement, lorsqu'il releva la tête, Paddington s'aperçut qu'un petit attroupement s'était formé autour de lui et que les gens l'observaient avec intérêt.

– À mon avis, dit un homme appuyé sur son vélo, j'crois bien qu'c'est un d'ces ours vendeurs d'oignons. Ils viennent tous les ans d'Bretagne, précisa-t-il d'un air entendu en se tournant vers les autres badauds. Même qu'ils attachent leurs oignons avec une ficelle. Z'avez dû les voir, ma foi. C'est pour ça qu'il baragouine en français, pardi !

– Ben voyons ! ricana un autre homme. C'était pas du français, j'vous dis. Il a eu comme qui dirait des convulsions. Même qu'il agitait les pattes tellement qu'il était sous l'choc. Et pis d'abord, ajouta-t-il d'un air triomphant, si c'est un vendeur d'oignons, où qu'c'est qu'ils sont ses oignons ?

– Peut-être qu'il les a perdus, suggéra quelqu'un. C'est pour ça qu'il a l'air tout perturbé. Vous savez quoi ? Je parie que sa ficelle s'est cassée.

Une dame intervint :

– Il y a de quoi vous donner des convulsions ! Faire tout ce chemin depuis la Bretagne et perdre ses oignons !

– C'est bien c'que j'disais ! s'exclama le premier badaud. J'crois bien qu'il a fait des convulsions françaises. Même que c'est les pires de toutes. Ce sont de grands nerveux, ces étrangers, vous savez !

– À ta place, je ne le toucherais pas, mon cœur, dit une autre dame à son petit garçon qui lorgnait le béret de Paddington depuis un petit moment. On ne sait pas trop où il a mis les pattes…

Paddington écarquillait les yeux en écoutant les gens bavarder, et la dernière remarque l'avait drôlement choqué.

– Un ours vendeur d'oignons ! s'écria-t-il enfin. Je ne suis pas un ours vendeur, mais un ours voyageur qui part en vacances à l'étranger. Et je viens de rendre visite à M. Gruber !

À ces mots, il rassembla toutes ses affaires et s'en alla d'un bon pas, en laissant derrière lui les conversations aller bon train.

En tournant au coin de Windsor Gardens, Paddington lança plusieurs regards mauvais par-dessus son épaule, mais, à mesure qu'il s'approchait de la porte verte familière du numéro 32, il prit un air pensif.

Debout sur les marches du perron, alors qu'il entendait les pas de Mme Bird dans le couloir, Paddington se dit qu'en définitive il avait bien travaillé ce matin.

Tout compte fait, il était plutôt content qu'on l'ait confondu avec un ours français... même vendeur d'oignons. À vrai dire, plus il y réfléchissait, plus il était ravi. Et avec l'aide de toutes les cartes et brochures, et des livres de M. Gruber, il était certain de pouvoir organiser d'excellentes activités de vacances pour la famille Brown !

2
UNE VISITE À LA BANQUE

– Paddington est exceptionnellement élégant ce matin, dit Mme Bird.

– Oh! là, là! soupira Mme Brown. Vraiment? J'espère qu'il ne mijote pas quelque chose.

Elle rejoignit la gouvernante à la fenêtre et suivit son regard: dans la rue, une petite silhouette en duffle-coat bleu se pressait sur le trottoir.

Mme Bird avait raison: Paddington présentait une allure irréprochable ce matin. Même de loin, on voyait qu'il s'était brossé les poils et qu'il portait son vieux chapeau incliné avec le bord retourné, alors qu'il était habituellement enfoncé sur ses oreilles.

Même sa vieille valise donnait l'impression d'avoir été astiquée.

– Il ne part pas dans sa direction de tous les jours, remarqua Mme Brown.

En effet, dès qu'il parvint au bout de la rue, Paddington regarda par-dessus son épaule, puis tourna à droite et disparut.

– Bizarre, il part toujours vers la gauche, ajouta Mme Brown.

– À mon avis, reprit Mme Bird, ce jeune ours a une idée en tête. D'ailleurs, il se comportait étrangement au petit déjeuner. Il ne s'est même pas resservi et n'arrêtait pas de regarder le journal de M. Brown d'un air très intrigué.

– S'il s'agissait du journal de Henry, ça ne m'étonne pas, dit Mme Brown. Moi-même, je ne comprends rien à la finance.

M. Brown travaillait à la City de Londres, le quartier des affaires, et il lisait toujours un quotidien très sérieux au petit déjeuner qui parlait de la Bourse, des actions, des obligations et de tout ce qui touchait à l'argent, ce que le reste de la famille jugeait ennuyeux.

– Malgré tout, c'est très étrange, continua-t-elle en entrant dans la cuisine, suivie par Mme Bird. J'espère qu'une de ses idées farfelues ne lui a pas encore traversé l'esprit. Hier soir, il a passé son temps à faire ses comptes et c'est souvent mauvais signe.

Mme Brown et Mme Bird étaient très occupées par les préparatifs des vacances qui s'approchaient. Il ne restait que quelques jours avant le départ et encore mille et une choses à faire. Si elles n'avaient pas été aussi affairées, elles auraient deviné les raisons du comportement de Paddington, mais elles n'avaient pas le temps de s'en préoccuper et cessèrent bientôt de se poser des questions sur le sujet.

Sans se douter de l'intérêt qu'il avait suscité, Paddington continua son chemin jusqu'à ce qu'il parvienne à une imposante bâtisse qui se détachait un peu du lot. Ses grandes portes en bronze étaient encore fermées, mais on pouvait lire en lettres d'or au-dessus de l'entrée : BANQUE FLOYD.

Après avoir soigneusement vérifié que personne ne l'observait, Paddington sortit un petit livret de son chapeau, puis s'assit sur sa valise devant la banque et attendit l'ouverture.

Comme le bâtiment, son livret portait l'inscription BANQUE FLOYD imprimée sur la couverture et, sur la première page, M. P. BROWN écrit à l'encre.

Hormis les Brown et M. Gruber, peu de gens savaient que Paddington possédait un compte en banque, car il gardait l'information secrète. Tout avait commencé quelques mois plus tôt, lorsqu'il était tombé sur une publicité dans un vieux journal de M. Brown qu'il avait découpée et mise de côté. On y voyait un homme à l'allure d'un bon père de famille qui fumait la pipe et disait s'appeler M. Floyd. Il expliquait comment l'argent déposé chez lui rapportait ce qu'il appelait des « intérêts » et, plus on lui laissait longtemps son argent, plus on en gagnait.

Paddington avait l'œil pour repérer les bonnes affaires et lorsqu'il lut qu'il pouvait gagner de l'argent simplement en déposant le sien quelque part, ça lui parut très intéressant.

Pour la plus grande satisfaction de toute la famille, M. Brown lui avait offert cinquante pence en plus de son argent pour Noël et pour son anniversaire. Après avoir beaucoup réfléchi, Paddington avait lui-même ajouté dix pence, économisés sur l'argent de poche qu'on lui donnait chaque semaine pour ses petits pains. Bref, une fois toutes ces sommes ajoutées, il parvint à un total de cinq livres et vingt-cinq pence et, un beau matin, Mme Bird avait emmené Paddington à la banque pour lui ouvrir un compte.

Par la suite, pendant plusieurs jours, Paddington s'était posté à l'entrée d'un magasin situé en face de la banque et lançait des regards méfiants à tous les gens qu'il voyait entrer ou sortir. Mais après avoir été délogé par un agent de police qui passait dans le coin, Paddington avait dû laisser tomber.

Depuis, même s'il avait plusieurs fois vérifié le montant de son argent sur son livret, Paddington n'était jamais véritablement entré dans la banque. Bien qu'il ne l'avouât pas, tout ce marbre et ce bois ciré l'intimidaient beaucoup, alors il fut ravi d'être encore le seul client à attendre sur le trottoir, quand dix heures sonnèrent enfin au clocher d'une église voisine.

Paddington entendit alors un bruit de verrous, qu'on tirait de l'autre côté de la porte de la banque, et se précipita vers la boîte aux lettres pour regarder à l'intérieur de l'établissement.

– Allons ! Allons ! s'exclama le portier en l'apercevant par la fente. Pas de colporteur chez nous, jeune homme. C'est une banque. Et on ne veut pas voir non plus des dadais traîner dans le coin.

– Des dadais ? répéta Paddington, stupéfait, en lâchant la boîte aux lettres.

– C'est bien ce que j'ai dit, grommela le portier en ouvrant la porte. Tu m'as mis de la buée sur le heurtoir et j'dois l'astiquer pour qu'il brille, tu sais.

– D'abord, je ne suis pas un dadais! s'exclama Paddington, offusqué, en agitant son livret d'épargne. Je suis un ours et je suis venu voir M. Floyd au sujet de mes économies.

– Oups! dit le portier en regardant Paddington de plus près. J' vous demande pardon, m'sieur. Quand j'ai vu vos moustaches par la boîte aux lettres, j'ai cru que j'avais affaire à un vagabond.

– Ce n'est pas grave, dit Paddington d'un air un peu triste. On me confond souvent.

Et comme l'homme lui tenait la porte, il le salua poliment en levant son chapeau et entra aussitôt dans la banque.

Plusieurs fois dans le passé, Mme Bird lui avait dit qu'il était sage d'avoir de l'argent de côté pour les mauvais jours ou pour une grande occasion. La veille au soir, en y réfléchissant encore et encore dans son lit, Paddington avait décidé que des vacances à l'étranger étaient une grande occasion. Après avoir relu la publicité encore une fois, il avait trouvé le moyen de gagner sur les deux tableaux. Mais comme la plupart des idées qui lui venaient le soir, sous les couvertures, celle-ci ne semblait pas si excellente le lendemain, à la lumière du jour.

À présent qu'il se trouvait à l'intérieur de la banque,

Paddington commença à se sentir coupable et regretta de ne pas avoir consulté M. Gruber sur la question. Parce qu'il n'était pas certain du tout que Mme Bird approuve le fait qu'il retire de l'argent sans le lui avoir demandé au préalable.

Paddington traversa la salle et se dirigea vers l'un des guichets, puis grimpa sur sa valise et jeta un regard par-dessus le comptoir. L'homme assis de l'autre côté sursauta en voyant surgir le chapeau de Paddington et tendit une main nerveuse vers la sonnette d'alarme.

– J'aimerais retirer toutes mes économies pour une grande occasion, s'il vous plaît, déclara Paddington d'un air important en lui tendant son livret.

L'air plutôt soulagé, l'employé s'empara du document et haussa un sourcil en le regardant à la lumière. Il y avait des tas de calculs à l'encre rouge sur la couverture, sans parler des pâtés et de deux ou trois taches de marmelade.

– J'ai bien peur d'avoir eu un petit accident avec un de mes pots sous les couvertures, hier soir, s'empressa d'expliquer Paddington en croisant le regard de l'homme.

– Un de vos pots ? répéta-t-il. Sous les couvertures ?

– Tout à fait, confirma Paddington. Je calculais mes intérêts et j'ai dû marcher dedans par erreur. C'est un peu difficile sous les couvertures.

– En effet, dit l'homme d'un air écœuré. Des taches de marmelade, franchement ! Et sur un livret d'épargne de la banque Floyd !

L'homme ne travaillait pas depuis longtemps dans cet établissement et, même si le directeur lui avait confié qu'ils avaient parfois affaire à des clients bizarres, il ne lui avait rien précisé, en revanche, au sujet des comptes pour ours.

– Qu'aimeriez-vous que je fasse? demanda l'employé d'un air dubitatif.

– J'aimerais laisser tous mes intérêts, s'il vous plaît, répondit Paddington. Pour les mauvais jours.

L'homme fit un rapide calcul sur une feuille de papier et lui annonça d'un ton supérieur:

– Eh bien, j'espère que ces jours ne seront pas trop mauvais. Vos intérêts s'élèvent à dix pence.

– Quoi? s'exclama Paddington, qui n'en croyait pas ses oreilles. Dix pence! Je ne trouve pas ça très intéressant.

– Les *intérêts*, ça n'a rien à voir avec *intéressant*, dit l'employé. Ce n'est pas du tout la même chose.

Il se creusa la tête pour tenter de trouver un moyen d'expliquer la différence. En fait, il n'avait pas l'habitude de traiter avec des ours et quelque chose lui disait que Paddington allait être un client peu commode.

– C'est… c'est quelque chose que l'on vous offre pour nous permettre d'emprunter votre argent, reprit-il. Plus vous le laissez longtemps à la banque, plus les intérêts sont importants.

– Eh bien, j'ai déposé mon argent chez vous juste après Noël, répliqua Paddington. Ça fait presque six mois !

– Dix pence, dit l'homme d'un ton ferme.

Paddington le regarda, éberlué, inscrire quelque chose sur le livret, avant de déposer un billet de cinq livres et quelques pièces sur le comptoir.

– Et voilà, dit-il vivement. Ça nous fait cinq livres et vingt-cinq pence !

Paddington lorgna le billet d'un œil méfiant, puis consulta un bout de papier qu'il gardait dans la patte. Ses yeux s'élargirent comme des soucoupes en comparant les deux.

– Je pense que vous avez commis une erreur ! s'exclama-t-il. Ce n'est pas mon billet.

– Une erreur ? rétorqua le guichetier d'un ton sec. On ne commet jamais d'erreur à la banque Floyd.

– Mais il a un numéro différent, voyons, s'énerva Paddington.

– Un numéro différent ? Comment ça ?

– Absolument, je l'avais noté sur un bout de papier.

– Écoutez bien, l'ours. On ne vous rend jamais le même billet que celui que vous avez déposé.

À l'heure qu'il est, je suppose que le vôtre se trouve à des kilomètres d'ici. Peut-être même qu'il a été brûlé, si c'était un vieux billet. On brûle souvent les vieux billets trop usés.

– Brûlé ? répéta Paddington, estomaqué. Vous avez brûlé mon billet ?

– Je n'ai pas dit qu'il l'a été, précisa l'employé, de plus en plus troublé. J'ai seulement dit que c'était possible.

Paddington inspira un grand coup et lui décocha un regard mauvais. C'était un regard vraiment méchant, que sa tante Lucy lui avait appris et qu'il réservait aux cas d'urgence.

– Eh bien, j'aimerais voir M. Floyd ! s'exclama-t-il.

– Monsieur Floyd ? fit l'employé, qui s'épongea nerveusement le front avec son mouchoir, tout en regardant d'un air angoissé la file d'attente qui commençait à se former derrière Paddington.

À l'arrière, on entendait même certains murmures désagréables qui ne plaisaient pas du tout au guichetier.

– J'ai bien peur qu'il n'y ait pas de M. Floyd… dit-il. Mais nous avons un M. Trimble, ajouta-t-il aussitôt, comme Paddington lui lançait un regard encore plus dur. C'est le directeur. Je pense que je ferais mieux d'aller le chercher… Il saura quoi faire.

L'air indigné, Paddington regarda le guichetier battre en retraite vers une porte marquée DIRECTEUR. Tout ça ne lui plaisait pas du tout : non seulement le billet n'avait pas son numéro d'origine, mais les dates sur les pièces de monnaie étaient également différentes de celles qu'il avait déposées. Sans compter qu'il avait pris soin de bien faire briller les siennes, alors que celles-ci étaient vieilles et ternes.

Paddington descendit de sa valise et, l'air décidé, zigzagua entre les clients. Même s'il était petit, il possédait un sens aigu du bien et du mal, surtout en matière d'argent. Et il avait la sensation qu'il était grand temps de prendre cette affaire en patte !

En sortant de la banque, Paddington se dirigea d'un bon pas vers une cabine téléphonique. Le compartiment secret de sa valise contenait un bout de papier avec les instructions spéciales que Mme Bird lui avait notées en cas d'urgence, ainsi qu'une pièce de dix pence. Et il y avait urgence, après tout, non ? Paddington s'approcha enfin de la cabine et constata avec plaisir qu'elle était libre.

– Je ne sais pas ce qui se passe à la banque ce matin, dit Mme Brown en fermant la porte d'entrée. Il y avait un monde fou devant l'immeuble quand j'ai traversé la rue.

– Peut-être qu'il y a eu un cambriolage, dit Mme Bird. On lit des choses tellement affreuses dans les journaux, vous savez.

– Je ne pense pas que c'était un cambriolage, dit Mme Brown d'un air vague, mais plutôt une urgence quelconque. La police était sur place, ainsi qu'une ambulance et un camion de pompiers.

– Hum ! fit Mme Bird. Eh bien, espérons qu'il n'y ait rien de grave. Paddington y a placé tout son argent et si la banque a été dévalisée, nous n'avons pas fini d'en entendre parler…

La gouvernante s'interrompit et réfléchit.

– Au fait, avez-vous revu Paddington depuis qu'il est sorti ? demanda-t-elle.

– Non, dit Mme Brown. Bonté divine ! Vous ne pensez pas que…

– Je vais chercher mon chapeau, dit Mme Bird. Et s'il n'y a pas du Paddington derrière tout ça, je mange mon chapeau au retour !

Mme Brown et Mme Bird eurent un peu de mal à forcer le passage entre les badauds agglutinés devant la banque. Et lorsqu'elles parvinrent enfin à l'intérieur, leurs pires soupçons furent confirmés : la petite silhouette de Paddington était assise sur sa valise, entourée d'un groupe de personnes importantes.

– Que se passe-t-il donc ? s'écria Mme Brown en jouant des coudes avec sa gouvernante pour s'approcher.

Paddington eut l'air soulagé de les voir. Depuis qu'il était revenu à la banque, la situation n'avait fait qu'empirer.

– Je crois bien que j'ai mélangé les numéros de téléphone par erreur, madame Brown, dit-il.

– Ils essaient de priver un jeune ours de ses économies, voilà ce qui se passe ! s'exclama quelqu'un au fond.

– Ils ont mis le feu à ses billets ! hurla quelqu'un d'autre.

– À ce qu'on raconte, des centaines de livres sterling sont parties en fumée ! lança un commerçant de Portobello qui connaissait Paddington de vue et était entré dans la banque pour connaître la raison de ce tumulte.

– Oh ! là, là ! dit Mme Brown, nerveuse. Je suis certaine qu'il doit y avoir erreur. La banque Floyd ne ferait jamais une chose pareille.

– Bien sûr que non, madame ! fit le directeur en s'avançant. Je m'appelle Trimble, enchaîna-t-il. Pouvez-vous attester la bonne foi de ce jeune ours ?

– Que l'on atteste sa bonne foi ? répliqua Mme Bird. Mais enfin, je l'ai moi-même accompagné ici pour ouvrir un compte. C'est un membre respectable de la famille Brown et respectueux de la loi !

– Respectable, peut-être, dit un imposant policier en prenant son calepin, mais respectueux de la loi, permettez-moi d'en douter. Il a tout de même composé le 999, c'est-à-dire le numéro des services d'urgence, sans raison valable. La police, une ambulance et les pompiers sont arrivés sur les lieux. Il va bien falloir qu'il justifie son acte.

Tout le monde cessa de parler et les regards se posèrent sur Paddington.

– J'essayais seulement d'appeler Mme Bird, se défendit-il.

– Tu essayais d'appeler Mme Bird ? répéta lentement l'agent de police en le notant sur son carnet.

– Exact, confirma Paddington. Je crains que ma patte soit restée coincée sur le chiffre 9 et, chaque fois que j'essayais de l'enlever, quelqu'un me demandait ce que je voulais, alors j'ai appelé à l'aide.

M. Trimble toussota.

– Nous ferions mieux d'aller dans mon bureau, suggéra-t-il. Cette histoire m'a l'air très confuse et nous serons plus au calme là-bas.

Tout le monde l'approuva avec enthousiasme. Surtout Paddington, qui récupéra sa valise et suivit les autres dans le bureau. Décidément, avoir un compte en banque se révélait la chose la plus compliquée du monde !

Au bout d'un petit moment, Paddington termina enfin ses explications et chacun parut soulagé. Même le policier sembla satisfait.

– Dommage qu'il n'existe pas plus d'ours avec un tel esprit civique, dit-il en serrant la patte de Paddington. Si chacun appelait les urgences quand il voyait quelque chose de suspect, cela soulagerait grandement notre tâche au final.

Quand tout le monde fut parti, M. Trimble fit visiter à Mme Brown, Mme Bird et Paddington la chambre forte, afin de leur montrer où était gardé l'argent. Il remit même à Paddington une brochure explicative pour qu'il sache exactement comment agir la prochaine fois qu'il se rendrait à la banque.

– J'espère que vous n'allez pas fermer votre compte, monsieur Brown, lui dit-il. À la banque Floyd, nous n'aimons guère nous priver d'un précieux client. Si vous voulez bien nous confier vos vingt-cinq pence en toute sécurité, je vous donnerai un billet de cinq livres flambant neuf pour vos vacances.

Paddington remercia M. Trimble de s'être donné toute cette peine et réfléchit.

– Si vous n'y voyez pas d'inconvénient, dit-il enfin, je pense que je préfère un billet usagé.

Paddington n'était pas le genre d'ours à courir des risques inutiles et, même s'il était tenté par le billet tout neuf dans la main du banquier, il préférait de loin en avoir un qui avait fait ses preuves !

3
PANIQUE À L'AÉROPORT

L'effervescence atteignit son comble chez les Brown les quelques jours qui précédèrent le départ en vacances. Paddington, en particulier, était très occupé et fit un certain nombre d'allers-retours entre Windsor Gardens et Portobello Road, afin de consulter M. Gruber au sujet des divers problèmes qu'il rencontrait.

Ils eurent plusieurs conversations animées, assis dans leurs transats sur le trottoir, devant la brocante, et M. Gruber prépara plus de tasses de chocolat que d'habitude.

Les Brown commencèrent à se dire « excuse-moi » ou « pardon » en français chaque fois qu'ils se croisaient dans la maison. Mme Bird passa plusieurs soirées à confectionner une étiquette spéciale que Paddington devait porter autour de son cou. C'était une grosse vignette dans un étui en cuir d'excellente qualité, sur laquelle était imprimée l'adresse des Brown et la mention : « Toute personne trouvant cet ours sera récompensée » en plusieurs langues. Ce séjour à l'étranger rendait Mme Bird très méfiante et elle ne voulait courir aucun risque.

Finalement le grand jour arriva et toutes les lumières brillaient aux fenêtres du 32 Windsor Gardens de bon matin.

Paddington était le premier debout, car il avait encore des bagages de dernière minute à faire. Il possédait beaucoup de choses auxquelles il tenait et ne souhaitait pas les laisser, au cas où la maison serait cambriolée.

En plus de son vieux chapeau (qu'il avait sur la tête) et de sa valise (qu'il emportait), il y avait son duffle-coat, un seau et une pelle (qu'il avait gardés propres et bien astiqués depuis sa dernière excursion à la mer), un déguisement, une boîte de magie, un grand pot de marmelade en cas d'urgence (M. Gruber lui avait dit qu'il aurait peut-être du mal à trouver en France celle qu'il appréciait), l'itinéraire et d'autres documents

importants, sans oublier son album de souvenirs, de
l'encre et de la colle, et tous les livres que M. Gruber
lui avait donnés, ainsi qu'un drapeau britannique et un
vieux torchon de Mme Bird sur lequel était imprimée
une carte de France, qu'il avait sauvé de la poubelle
quelques jours plus tôt.

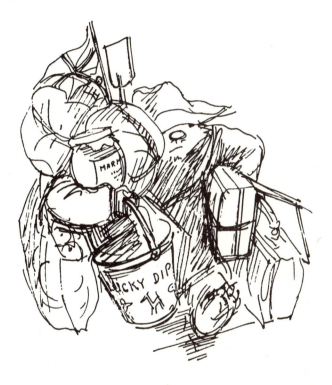

Il fit un tel vacarme dans sa chambre pour préparer
tout cela qu'il ne tarda pas à réveiller le reste de la
maisonnée. Peu après, le grésillement du bacon dans

la poêle et le cliquetis des couverts et des assiettes vinrent s'ajouter au brouhaha général.

– Sapristi! Mais que se passe-t-il? s'exclama Mme Bird, qui, alors qu'elle montait à l'étage appeler les autres pour le petit déjeuner, croisa une montagne de paquets descendant vers le rez-de-chaussée.

– Tout va bien, madame Bird, dit Paddington, essoufflé, derrière un grand sac en plastique rempli à ras bord. Ce n'est que moi! Je crois que ma baguette magique est coincée dans les balustres de la rampe.

– Ta baguette magique? répéta M. Brown, qui commençait à descendre l'escalier. Mais enfin nous partons seulement en vacances… Nous n'allons pas *vivre* en France!

Paddington prit un air découragé devant la pile de paquets, tandis que les autres membres de la famille l'aidaient à décoincer sa baguette magique et à descendre. *M. Brown a peut-être raison*, se dit-il, *j'emporte sans doute beaucoup trop de choses.*

– Peut-être que je pourrais mettre certaines affaires dans le placard sous l'escalier, que je fermerai à clé, suggéra-t-il.

Toute la famille l'approuva.

Mais même avec plusieurs paquets laissés sur place, lorsque M. Brown eut fini de remplir la voiture avec les valises, les ballons de plage, une tente, des cannes à pêche et un millier d'objets divers et variés, il semblait impossible qu'ils atteignent le bout de la rue et encore moins la France.

– Et moi qui croyais que les vacances étaient faites pour se reposer, observa Mme Bird en se calant sur la banquette arrière entre Jonathan et Judy. Je suis déjà épuisée !

– Ne vous inquiétez pas, madame Bird ! s'exclama Paddington d'un air important.

Installé à l'avant, il consulta sa liste de « choses à faire » et annonça :

– Nous nous arrêtons bientôt pour un casse-croûte.

– Comment ça ? rétorqua M. Brown. Mais nous ne sommes même pas encore partis !

Mme Brown soupira en retirant le drapeau britannique fixé à l'oreille gauche de Paddington. Elle était certaine que les autres familles n'avaient pas autant de problèmes quand elles partaient en vacances.

Mais peu après, malgré les soupirs et les ronchonnements des uns et des autres, ce fut une famille Brown bien joyeuse qui roula dans les rues de Londres et prit la direction de la côte.

Bientôt ils filaient à travers les champs de houblon et les vergers du Kent et personne n'avait vu le temps passer quand M. Brown quitta la grand-route pour s'approcher de l'aéroport.

C'était la première fois que Paddington en visitait un et, même s'il avait souvent vu et entendu des avions dans le ciel, il ne s'y était jamais beaucoup intéressé. Sitôt que M. Brown eut garé la voiture, tout le monde en descendit et regarda ici et là les appareils sur la piste qui attendaient de décoller.

De l'endroit où Paddington se tenait, ils lui paraissaient plus petits que prévu. Même à travers ses jumelles, ils n'étaient guère plus grands et lorsqu'il apprit que non seulement toute la famille mais également la voiture allaient monter dans un avion, Paddington prit une expression songeuse.

– Allons, pressons ! lança M. Brown en ouvrant la marche vers l'aérogare. Nous n'avons pas beaucoup de temps.

Ils entrèrent en groupe et traversèrent le hall de départ jusqu'à un bureau signalé par un panneau ACCUEIL.

– La famille Brown pour le continent, annonça M. Brown en tendant les billets d'avion à la jeune fille derrière le comptoir.

– Par ici, je vous prie, dit-elle en les conduisant dans un couloir, avant de leur faire franchir une porte marquée IMMIGRATION, derrière laquelle se tenait un homme en costume sombre.

– Veuillez préparer vos papiers, s'il vous plaît.

Au même moment, Mme Bird s'arrêta net et attrapa Mme Brown par le bras.

– Bonté divine ! s'exclama-t-elle.

– Que se passe-t-il, madame Bird ? demanda Mme Brown d'un air inquiet. Vous êtes toute pâle.

– Et les papiers de Paddington ?

– Les papiers de Paddington ? répéta Mme Brown en blêmissant à son tour.

Les Brown échangèrent des regards affolés. Dans l'agitation des préparatifs, occupés à remplir toutes sortes de documents, personne n'avait pensé que Paddington pouvait avoir besoin d'une pièce d'identité.

– Est-ce que les ours en ont une, d'ailleurs ? demanda M. Brown d'un air vague. Après tout, il a une étiquette, non ?

– Je ne sais pas si les ours ont des papiers ou un passeport, répondit Mme Bird d'un ton lugubre, mais la question est de savoir s'ils vont lui en donner. Pensez à sa situation, après tout !

Les autres se turent, tout en réfléchissant aux remarques de la gouvernante, car la situation de Paddington n'était pas banale. C'était le moins qu'on puisse dire. Pour venir en Angleterre, il avait voyagé en clandestin depuis le Pérou, caché à bord d'un paquebot dans un canot de sauvetage. Et même s'il n'avait pas pris beaucoup de place et consommé sa propre marmelade, les Brown étaient sûrs que les propriétaires du paquebot, sans parler des douaniers et des autres fonctionnaires, n'auraient guère apprécié son comportement.

Comme en réponse à leurs pensées, l'homme en costume bleu marine prit un air sévère après les avoir entendus discuter.

– Que se passe-t-il ? Il y aurait parmi vous quelqu'un sans papiers ? s'exclama-t-il. J'ai bien peur que nous ne puissions accepter cela, voyez-vous. On ne peut se rendre à l'étranger sans papiers… C'est contre le règlement. Que cette personne se présente à moi !

– Oh ! là, là ! gémit Judy, tandis que les Brown regardaient de tous côtés et ne voyaient plus Paddington. Allons bon, où est-il passé maintenant ?

– Typique de Paddington ! lâcha Jonathan. Il disparaît quand tout le monde le cherche.

– Comment s'appelle-t-il ? demanda le fonctionnaire en prenant un papier et un stylo.

– Eh bien… euh… Brown, répondit M. Brown. Paddington Brown, en quelque sorte…

– En quelque sorte ? répéta l'homme avec méfiance.

– Nous l'avons appelé ainsi quand nous l'avons trouvé à la gare de Paddington, expliqua Mme Brown. C'est un ours qui vient du fin fond du Pérou et…

Sa voix s'évanouit en voyant l'expression médusée du fonctionnaire de l'immigration.

– Un ours sans papiers, ricana-t-il. Et voyageant sous un faux nom. Ça devient sérieux, cette affaire.

Mais avant qu'il ait le temps d'en dire davantage, la porte située à l'autre bout du couloir s'ouvrit à toute volée et Paddington se précipita vers eux, l'air angoissé, et talonné par un agent des douanes au visage tout rouge.

– Je l'ai trouvé ! lâcha l'homme, essoufflé. Il regardait les avions avec ses jumelles. Qui plus est, ajouta-t-il d'un ton sévère en tendant un cahier à l'employé de l'immigration, il notait des tas de choses là-dessus.

– C'est mon album de souvenirs ! se défendit Paddington.

– Hum ! fit l'agent des douanes. C'est rempli de drôles d'images et de coupures de journaux. Et tout ça ne me plaît pas trop.

– Miséricorde… gémit Mme Brown. Je savais qu'il aurait dû le laisser à la maison.

– À mon avis, reprit le douanier, il mijotait un mauvais coup. Drôlement suspect, ce gaillard.

– Eh bien, l'ours, déclara le fonctionnaire de l'immigration. Qu'as-tu à dire pour ta défense ?

Paddington inspira un grand coup et souleva poliment son chapeau.

– Je prenais simplement des notes pour M. Gruber.

Il y eut un silence pesant, tandis qu'une petite chose blanche et collante tombait par terre. *Ploc !* Le fonctionnaire la ramassa entre le pouce et l'index pour l'examiner.

– On dirait bien un petit bout de sandwich à la marmelade, dit-il d'un air dubitatif en levant les yeux vers le plafond.

– Tout à fait, confirma Paddington. Je suppose qu'un morceau a dû tomber de mon chapeau. J'y garde toujours un sandwich au cas où j'aurais une petite faim.

– Je n'ai jamais vu quelqu'un passer en fraude des sandwichs à la marmelade, dit le fonctionnaire. Je pense que cette affaire relève du service des douanes.

– Et ce n'est pas tout ! s'écria le douanier en posant la valise de Paddington sur le comptoir, avant de la tapoter avec le poing. Cette chose-là est très bizarre. Bien plus épaisse à l'extérieur qu'à l'intérieur… Si vous voyez ce que je veux dire !

– Il observe les avions avec des jumelles, reprit le fonctionnaire de l'immigration avec sévérité, tout en décrochant son téléphone. Il transporte un déguisement. Il passe en contrebande des sandwichs à la marmelade… Bref, autant de choses qui exigent des explications.

– Peut-être que c'est un de ces ours globe-trotters, suggéra l'agent des douanes. Il a sans doute des choses dissimulées sous ses poils. Et je parie que ce n'est pas de la vraie marmelade dans ses sandwichs.

– Nous allons devoir examiner ces petits morceaux de sandwich avec soin, dit l'employé de l'immigration en raccrochant son combiné.

Paddington n'en croyait pas ses oreilles.

– Vous pouvez toujours les examiner ! s'énerva-t-il. C'est de la marmelade spéciale, achetée chez l'épicier discount !

Paddington lança au fonctionnaire plusieurs regards mauvais, à tel point que celui-ci se mit à tripoter son col avec nervosité et eut l'air soulagé quand la porte s'ouvrit et qu'une personne visiblement plus haut placée que lui entra dans la pièce.

– C'est lui, dit le fonctionnaire en montrant Paddington du doigt. Le petit plein de poils avec le chapeau sur la tête.

– Sa situation n'est pas très claire, ajouta l'agent des douanes.

– Comment ça ? s'exclama Paddington, de plus en plus paniqué. Je n'ai rien à cacher.

– Calme-toi, mon petit, dit Mme Brown en foudroyant le douanier du regard.

– Écoutez, je crois que... commença M. Brown.

– Navré, monsieur, dit le chef qui venait d'arriver,

mais je dois vous demander d'attendre pendant que nous interrogeons ce jeune… euh… monsieur.

Il fit signe aux Brown de se déplacer sur le côté, puis souleva un abattant du comptoir et ouvrit la marche en direction de son bureau.

L'air bouleversé, Paddington reprit sa valise puis le suivit. Il regarda les autres par-dessus son épaule et leur dit, d'une voix désespérée :

– Oh ! là, là ! J'espère que ma situation va s'arranger.

– Pauvre Paddington, murmura Jonathan tandis que la porte se refermait derrière lui.

– C'est vrai qu'il semble parfois suspect, dit Judy. Surtout quand on ne le connaît pas.

Mme Bird agrippa son parapluie.

– Si cet ours a des ennuis, s'exclama-t-elle, les autorités auront affaire à moi ! Même si je dois remuer ciel et terre pour le défendre !

– J'espère qu'ils ne vont pas trouver le compartiment secret dans sa valise, reprit Judy. Sinon, ça ne fera qu'aggraver son cas.

– Je parie qu'ils n'y arriveront pas, dit Jonathan. Personne n'a jamais réussi. C'est une super cachette !

– Tout ça, c'est ta faute, Henry, dit Mme Brown en se tournant vers son mari. C'est toi qui tenais à partir en vacances à l'étranger.

– Ça alors ! C'est un peu fort ! s'indigna M. Brown. Tout le monde était d'accord avec moi quand j'ai lancé l'idée.

Mais même M. Brown prit un air de plus en plus grave à mesure que les minutes s'écoulaient et que Paddington ne revenait pas.

– Vous ne croyez pas… commença Mme Brown, en disant tout haut ce que les autres pensaient tout bas. Vous ne croyez quand même pas qu'ils vont le renvoyer au Pérou, si ?

– Qu'ils essaient, tiens ! fit Mme Bird en mitraillant du regard la porte close. Qu'ils essaient un peu pour voir !

La porte finit par se rouvrir et le chef du service de l'immigration leur fit signe. En entrant dans le bureau, les Brown se préparaient au pire…

– Tout est bien qui finit bien, ma foi, dit M. Brown en se calant dans son fauteuil, après avoir bouclé sa ceinture. Mais il y a encore une demi-heure, je n'aurais pas cru que nous serions tous installés à bord de cet avion. Et dire que Paddington avait un passeport depuis le début !

– Caché dans le compartiment secret de ma valise,

monsieur Brown, dit Paddington. Avec tous mes papiers importants.

– Pour ma part, intervint Mme Bird, je n'ai jamais vraiment cru que la tante Lucy de Paddington lui aurait laissé faire cette longue traversée sans passeport. À en croire tout ce que j'ai entendu dire à son sujet, c'est une vieille ourse très sage. Quoi qu'il en soit, je suis soulagée de savoir ce jeune ours en situation régulière.

M. Brown reprit la parole :

– Ce que je ne comprends pas, Paddington, c'est pourquoi tu n'as pas dit que tu avais ton passeport dès le début. Cela nous aurait épargné bien des tracas.

Paddington prit un air offusqué.

– Mais personne ne me l'a demandé, monsieur Brown ! Ils n'arrêtaient pas de me parler de ma situation et de mes papiers. Je ne voyais pas où ils voulaient en venir.

M. Brown toussota et les autres échangèrent des regards. Heureusement, les réacteurs se mirent à rugir au même moment et l'avion commença à rouler sur la piste, si bien que tout le monde oublia le sujet dans l'euphorie du décollage.

– À présent, nous avons tous hâte de passer un agréable séjour à l'étranger, dit Mme Bird, comme l'avion avait pris de l'altitude et qu'elle pouvait détacher sa ceinture.

Ce à quoi les Brown, qui regardaient par les hublots la mer étincelante sous le soleil, répondirent en chœur :

– Oui ! Oui !

Paddington était le seul à ne pas se joindre à eux, car il était trop occupé par sa liste de «choses à faire». Il venait de réaliser qu'après leur mésaventure à l'aéroport, ils avaient oublié de déjeuner. Toutefois il eut le plaisir de découvrir qu'il avait noté sur la page suivante : ARRIVÉE EN FRANCE – CASSE-CROÛTE.

– Excellente idée ! approuva M. Brown quand Paddington lui montra ce qu'il avait écrit. Rien de tel qu'un peu d'agitation à propos de la situation d'un jeune ours pour vous ouvrir l'appétit !

4

UN PIQUE-NIQUE INATTENDU

— Qui aurait pu imaginer que nous allions nous perdre en si peu de temps ? dit Mme Brown en lançant un regard agacé à son mari. Cela fait à peine une demi-journée que nous sommes en France !

— Tu es sûr de ne pas savoir où nous sommes, Paddington ? demanda M. Brown pour la énième fois.

Paddington secoua la tête d'un air affligé.

— Je pense que nous avons dû tourner au mauvais endroit, monsieur Brown.

Les Brown échangèrent des regards lugubres. Jusqu'ici leur premier jour en France les enthousiasmait. Avec tant de nouveautés à voir, le temps avait passé très vite et Paddington, en particulier, avait été très occupé à suivre l'itinéraire avec sa patte sur la carte et à prendre des notes le long du trajet.

En longeant la côte, ils avaient traversé un certain nombre de villes et toute cette circulation du côté droit de la chaussée les avait grandement impressionnés, sans parler des gens assis aux terrasses de café.

Entre les villes, ils avaient roulé sur des kilomètres de routes de campagne, bordées de peupliers, et traversé de minuscules villages remplis d'hommes en bleu de travail et de femmes qui allaient et venaient avec de longs pains à la main appelés «baguettes».

Mais le plus agréable, ce fut d'apercevoir la mer au détour du chemin et d'entendre rugir au loin les vagues qui se brisaient sur la grève.

Et puis, à mesure qu'ils pénétrèrent davantage dans les terres, non seulement le paysage de Bretagne devint plus sauvage, mais les ennuis commencèrent.

D'abord, la large route goudronnée avait soudain cédé la place à une voie étroite et caillouteuse. Puis celle-ci s'était transformée en chemin de terre. Avant d'aboutir enfin à un terrain communal, et, pour couronner le tout, un des pneus arrière avait crevé.

Comme il avait la responsabilité de l'itinéraire, Paddington était très contrarié par ce qui s'était passé et il scruta attentivement la carte, tandis que les Brown se rassemblaient autour de lui.

– Quel est le nom de la dernière commune que nous avons traversée, Paddington ? demanda M. Brown. Peut-être que c'est là que nous nous sommes trompés.

– Je pense qu'elle s'appelait Gravillons, monsieur Brown, répondit Paddington, mais je ne la trouve pas sur la carte.

– Forcément ! s'exclama Jonathan après avoir regardé dans son dictionnaire. C'était juste un panneau qui indiquait la présence de petits cailloux !

– Quoi ? répliqua Paddington. Un panneau pour du gravier !

– Exact, confirma Judy. Ils doivent sans doute réparer cette route.

Mme Bird ricana.

– Des gravillons, franchement ! Pas étonnant que ce pauvre ours se soit trompé. C'est une chance que nous n'ayons pas fini dans la mer !

Mme Bird pensait que tout devrait être écrit en anglais à l'étranger.

– Ma foi, dit M. Brown en repliant la carte, même si nous ignorons où nous nous trouvons, nous savons que nous ne sommes pas dans un lieu qui n'existe pas.

Il regarda la pile de bagages qui cachait la roue de secours dans le coffre.

– Il va falloir tout sortir, dit-il. Mais comme on dit : « À quelque chose, malheur est bon. » Alors je propose qu'on en profite pour pique-niquer, pendant que je change la roue.

Mme Brown et Mme Bird, qui avaient hâte de se reposer et de prendre un bon repas dans un hôtel confortable, ne semblaient guère enchantées, mais Jonathan et Judy étaient ravis. Paddington jugea lui aussi l'idée excellente. Il aimait les pique-niques et n'en avait pas fait depuis longtemps.

– Heureusement que j'ai pensé à apporter de quoi manger, dit Mme Bird en ouvrant son sac de voyage, dont elle sortit des boîtes de conserve, des aliments emballés et du pain, ainsi que des couteaux et des fourchettes. Je ne sais pas pourquoi, mais j'avais le sentiment que nous en aurions besoin.

– Vous savez quoi ? reprit M. Brown. Nous allons faire un concours. Chacun doit préparer un plat et je donnerai une récompense au meilleur d'entre vous.

M. Brown aimait bien les concours. Il pensait vaguement que ça empêchait les gens de faire des bêtises.

– Super ! s'exclama Jonathan. On va faire un feu de camp.

– Je vais aller ramasser du petit bois, monsieur Brown, suggéra Paddington en agitant la patte vers une forêt, en haut d'une colline voisine. Les ours sont doués pour ça.

– Ne t'éloigne pas trop ! lui cria Mme Brown d'une voix inquiète, tandis que Paddington filait déjà avec sa valise. Nous n'avons pas envie que toi aussi tu te perdes !

Mais Paddington ne l'entendait déjà plus. Il se sentait encore coupable du fait qu'ils se soient égarés sur la route et avait hâte de se rattraper en ramassant du bois. Si bien qu'il gravit la colline aussi vite que ses petites pattes pouvaient le porter.

En regardant autour de lui et en respirant l'air ambiant, Paddington songea que finalement ce n'était pas si grave qu'ils aient perdu leur chemin.

D'abord, toutes ces odeurs dans l'atmosphère lui plaisaient beaucoup. C'était différent de ce qu'il pouvait sentir en Angleterre ou même au Pérou, d'ailleurs. Ici, un arôme de café flottait dans l'air, ainsi qu'une odeur de pain tout chaud, à peine sorti du four, et de tout un tas de choses qu'il ne reconnaissait pas vraiment, et bizarrement ces odeurs devenaient plus fortes à mesure qu'il avançait.

Ce fut en arrivant au sommet de la colline et en regardant de l'autre côté qu'il comprit. Il dut même se frotter les yeux pour être sûr de ne pas rêver.

En effet, un peu plus loin en contrebas, il découvrit quelque chose qui ressemblait aux photos des brochures de M. Brown : un bouquet de petites maisons et, au-delà, une plage avec un petit port rempli de bateaux.

Depuis le port, une rue étroite remontait vers une place avec des étals de fruits et légumes.

Paddington agita les pattes comme un fou en direction des Brown et il les appela plusieurs fois, mais ils étaient bien trop éloignés pour l'entendre. Alors il sortit ses jumelles de théâtre et s'assit un petit moment pour réfléchir.

Tandis qu'il observait le village à travers les verres grossissants, une idée lui traversa l'esprit et il se releva quelques minutes plus tard avec une étincelle d'excitation dans les yeux. Hormis le fait que tout ça était très étrange et méritait certes d'être approfondi, Paddington avait hâte de mettre son idée à exécution.

Il dévala alors la colline et se précipita dans le village pour arriver sur la place qu'il avait repérée depuis les hauteurs. Paddington aimait bien découvrir de nouveaux endroits et celui-ci lui plaisait particulièrement.

Sur la droite se dressait une grande bâtisse avec une véranda et une enseigne indiquant HÔTEL DU CENTRE. De l'autre côté de la place, il y avait un bureau de poste et une boucherie, quelques cafés et une épicerie.

Et surtout, à côté de l'hôtel, il repéra une boulangerie ! Paddington aimait bien les boulangeries et trouva celle-ci très intéressante, car elle présentait en vitrine des pains de toutes les formes et de toutes les tailles : des longs, des courts, des gros, des petits, des ronds… Ils étaient si nombreux que Paddington en eut presque le vertige.

Après avoir consulté le manuel de conversation de M. Gruber, il traversa la place pour s'approcher de la boulangerie. Dans le passé, il avait souvent remarqué que les boulangers se montraient très compréhensifs quand les ours avaient des problèmes. M. Gruber disait que c'était parce qu'ils partageaient le même intérêt pour les petits pains. Quelle que soit la raison, Paddington se dit que ce qu'il avait de mieux à faire, c'était de rendre visite à ce boulanger et de lui demander conseil pour une surprise qu'il comptait faire à la famille Brown.

– Paddington est drôlement mystérieux, observa M. Brown un peu plus tard.
– À mon avis, dit Mme Bird, cet ours nous prépare une belle surprise. Il a mis du temps pour aller chercher du bois et il a un drôle de regard depuis son retour.

Les Brown étaient au milieu de leur repas et devaient encore attendre que Paddington mette la touche finale à sa contribution au déjeuner.

Jonathan et Judy avaient préparé du potage et Mme Bird, une salade composée que tout le monde avait trouvée succulente.

La pause s'éternisait un peu avant le tour de Paddington et les Brown commençaient à s'impatienter. L'ours avait expliqué que c'était un plat très secret, alors ils durent tourner le dos au feu de camp et promettre de ne pas regarder pendant qu'il cuisinait.

Derrière eux, ils entendaient des tas de cliquetis, de bruits de cuiller qu'on tournait dans une gamelle, sans oublier les soupirs et les halètements de Paddington. Mais l'odeur qui flottait dans la brise les faisait saliver et ils attendaient tous avec impatience de découvrir ce fameux plat secret !

Mme Brown tricha et lança un rapide coup d'œil inquiet par-dessus son épaule. Paddington était penché sur sa casserole, un grand livre de recettes à la patte, et semblait tripoter quelque chose du bout d'un bâton, tout en le reniflant.

– J'espère qu'il ne va pas se brûler les moustaches, dit-elle. Il est horriblement près des flammes.

– Ça ne sent pas le poil roussi, répliqua M. Brown. Au contraire, ça sent même rudement bon. Je me demande ce que ça peut bien être.

– Quelque chose qu'il aura déniché au fond de sa valise, suggéra Mme Bird.

La remarque ne sembla guère enthousiasmer M. Brown.

– Sinon, je ne vois pas ce que ça pourrait être, reprit-elle. Je ne lui ai rien donné à cuisiner et nous ne nous sommes pas arrêtés près d'un magasin.

– Je parie qu'il y a de la marmelade dans son plat, dit Jonathan. Il adore ça et en met partout !

Heureusement, avant qu'ils aient le temps d'épiloguer davantage, Paddington se redressa et annonça que c'était prêt et qu'ils pouvaient tous se retourner.

Mme Brown le regarda d'un œil méfiant, tandis qu'ils se rassemblaient autour de la casserole. Il avait un peu de sauce sur les moustaches et quelque chose qui ressemblait à de la farine, mais sinon tout semblait normal.

Paddington prit un air important tandis que chacun faisait la queue avec son assiette.

– C'est un plat français très spécial, expliqua-t-il en les servant généreusement. Je l'ai trouvé dans le livre de recettes de M. Gruber.

Il les écouta alors pousser des exclamations de satisfaction tandis qu'ils goûtaient à son plat.

Même s'il avait eu l'occasion de se faire la patte à plusieurs reprises sur la cuisinière de Mme Bird, c'était la première fois qu'il cuisinait sur un feu de camp, surtout quelque chose d'aussi compliqué qu'une recette française ! Et même s'il avait suivi les instructions à la lettre, Paddington craignait d'avoir commis une erreur. Mais les Brown le félicitèrent et Mme Bird le couvrit d'éloges.

– Je ne sais pas ce que c'est, s'exclama-t-elle, mais je n'aurais pas mieux réussi !

Ce qui, de la part de Mme Bird, équivalait à un immense compliment.

– Délicieux, dit M. Brown. Copieux et cuit à point. En fait, ajouta-t-il en tendant son assiette pour se resservir, je ne me souviens pas d'avoir déjà goûté à un plat aussi succulent.

Tandis qu'il sauçait son assiette avec un morceau de pain, tout en lorgnant encore la casserole d'un œil gourmand, il ajouta :

– Ça sort vraiment de l'ordinaire. De quoi s'agit-il au juste, Paddington ?

– Ce sont des escargots, monsieur Brown.

– Quoi ? s'écria M. Brown. Tu as bien dit des *escargots* ?

– Waouh ! s'exclama Jonathan.

– Mais où les as-tu trouvés, Paddington ? reprit M. Brown, en se faisant le porte-parole de tout le monde.

– Oh, ils ne m'ont pas coûté cher, vous savez, s'empressa de répondre Paddington, en se trompant sur la raison de leurs regards paniqués. Le marchand m'a fait un prix, parce que les coquilles étaient brisées. Je crois que j'ai réalisé une bonne affaire.

Pour le plus grand étonnement de Paddington, sa remarque fut accueillie par des gémissements et il les regarda, médusé, basculer dans l'herbe en se cramponnant l'estomac.

– Et dire que je me suis resservi! se lamenta M. Brown. Je suis sûr que j'ai été empoisonné. J'ai des drôles de bourdonnements dans la tête.

– Tu as bien dit un « marchand »? demanda soudain Mme Bird.

– Oui, en effet, dit M. Brown en se redressant. C'était quelle boutique?

Paddington réfléchit un moment. Il espérait garder cette surprise pour le dessert et leur annoncer qu'ils se trouvaient tout près d'un village… Mais avant qu'il ait le temps de répondre, Mme Bird agita son ombrelle en la pointant vers la colline.

– Bonté divine! s'exclama-t-elle. Que se passe-t-il là-bas?

– Nom d'une pipe! Pas étonnant que j'aie la tête comme un tambour, dit M. Brown en suivant du regard la direction indiquée.

Un énorme tracteur dévalait la colline, suivi par toute une file de gens.

– On dirait une procession, observa-t-il.

Les Brown regardèrent, fascinés, le groupe s'approcher, jusqu'à ce qu'il s'arrête devant eux. Le chef, un gros bonhomme jovial en tablier blanc et coiffé d'une espèce de toque de cuisinier, s'inclina bien bas devant Paddington.

– Ah, Mister l'Ours! s'exclama-t-il, le visage radieux, en lui tendant la main. Quel plaisir de vous revoir!

– Rebonjour, monsieur Dupont! dit Paddington, qui s'empressa d'essuyer sa patte pleine de sauce avant de la lui tendre.

– Quelqu'un veut bien me pincer? dit M. Brown en regardant le reste de la famille. Je crois que je suis en train de rêver.

– Bienvenue à Saint-Castille, dit M. Dupont en s'avançant vers lui. Nous sommes là pour la diligence qui a perdu sa roue. Mister l'Ours nous a déjà tout expliqué et nous avons hâte de vous aider.

– La diligence? répéta M. Brown, de plus en plus désorienté. Quelle diligence?

Paddington inspira un grand coup.

– Euh… Je crois que j'ai dû me tromper de mot ou de phrase, monsieur Brown. Dans mon vieux manuel, il n'y avait pas de chapitre sur les automobiles et les pneus crevés, alors j'ai utilisé le terme «diligence» à la place.

Tout cela était un peu difficile à expliquer et Paddington ignorait par où commencer.

M. Brown se tourna vers M. Dupont, le boulanger.

– Je pense que nous ferions mieux de nous asseoir. J'ai comme l'impression que ça va nous prendre un petit moment.

Plus tard, dans la soirée, alors qu'ils étaient assis à la terrasse de l'hôtel du village et prenaient un dernier verre avant d'aller se coucher, M. Brown déclara :

– Vous savez, je dois avouer que si les choses sont parfois compliquées au début avec Paddington, elles s'arrangent toujours par la suite.

– Les ours retombent toujours sur leurs pattes, déclara Mme Bird d'un ton lugubre. Je l'ai déjà dit et le redirai encore.

– Je propose que nous restions ici, dit M. Brown. Ce n'était pas sur l'itinéraire, mais je ne crois pas que nous trouverons un coin plus joli pour nos vacances.

– Bravo ! Bravo ! approuva Mme Bird.

Après l'agitation de l'après-midi, tout paraissait calme et paisible à présent. Les étoiles brillaient dans un ciel sans nuages, la musique entraînante d'un café voisin teintait joliment l'atmosphère et, tout au bout de la rue qui menait au port, ils apercevaient les lumières des bateaux de pêche qui flottaient dans l'eau.

En fait, hormis la musique, le seul bruit qui troublait l'air du soir était celui du vieux porte-plume de Paddington qui crissait sur ses cartes postales, interrompu de temps à autre par un soupir de ravissement, tandis qu'il trempait la patte dans son pot de marmelade.

Quand les Brown avaient découvert le magasin où Paddington avait acheté ses escargots, ils s'étaient aussitôt sentis mieux. Il s'agissait d'une boutique tout à fait respectable et M. Dupont leur assura qu'elle était réputée pour ses escargots. Bref, Paddington fut récompensé à l'unanimité pour avoir cuisiné le meilleur plat du jour !

Après avoir longuement réfléchi et regardé ici et là dans les vitrines, il avait utilisé l'argent de sa récompense pour acheter des timbres et deux cartes postales en couleurs, l'une pour sa tante Lucy au Pérou et l'autre pour M. Gruber.

C'étaient de grandes cartes postales, les plus grandes qu'il ait jamais vues. Hormis l'emplacement pour écrire au verso, chacune disposait d'une dizaine de photos différentes au recto qui montraient le village et la campagne environnante. Sur l'une d'elles, on voyait la boulangerie de M. Dupont et, en regardant attentivement, Paddington repéra dans la vitrine des petits pains qui plairaient sans doute à M. Gruber.

Il y avait même une photo de l'hôtel et Paddington fit une croix bien nette sur l'une des fenêtres en écrivant MA CHAMBRE sur le côté.

En regardant les cartes postales, il décida qu'elles étaient d'un bon rapport qualité-prix avec toutes ces photos, et il était certain que sa tante Lucy serait très surprise d'en recevoir une de France.

Malgré tout, la journée avait été si riche en événements que Paddington se dit qu'il aurait du mal à tout écrire… même sur une carte postale grand format à prix avantageux !

5

UN DÉPART EN FANFARE

Les Brown s'habituèrent bientôt au village et eurent
même rapidement l'impression d'y avoir vécu depuis
toujours. La nouvelle de la présence d'un jeune ours
anglais à l'hôtel se répandit comme une traînée de
poudre, et Paddington devint un personnage très
populaire quand il se promenait dans la rue, surtout
avant d'aller à la plage.

Presque tous les jours, il rendait visite à son nouvel
ami, M. Dupont, qui parlait anglais, si bien qu'ils
eurent plusieurs discussions au sujet des petits pains.
Non seulement le boulanger lui montra son four et
lui fit visiter son arrière-boutique, mais il lui promit

aussi de cuire des petits pains anglais pour sa pause de onze heures.

– Après tout, expliqua-t-il, ce n'est pas si souvent qu'un ours séjourne à Saint-Castille.

M. Dupont accrocha donc une affichette dans sa vitrine pour annoncer qu'il vendrait bientôt des petits pains spéciaux, réalisés selon la recette d'un jeune ours anglais de haut rang.

Il y avait tellement de choses nouvelles et captivantes à voir et à faire que Paddington dut veiller tard le soir dans son lit pour tout noter dans son album de souvenirs, tant que c'était encore frais dans son esprit.

Un matin, il fut réveillé de bonne heure par du vacarme et des éclats de voix devant l'hôtel. Lorsqu'il regarda par la fenêtre, il découvrit avec stupeur qu'un grand changement s'était opéré dans le village.

Certes, il y avait toujours de l'animation, avec les gens qui s'affairaient à leurs tâches quotidiennes, mais ce matin-là, la commune semblait deux fois plus agitée que d'habitude. Même les habitants étaient vêtus différemment. Au lieu de leur tenue de tous les jours, les pêcheurs avaient tous enfilé leur plus beau costume, tandis que les femmes et les jeunes filles portaient des robes recouvertes de dentelles blanches amidonnées avec de grandes coiffes assorties.

Presque tous les étals de fruits et légumes avaient disparu, remplacés par des stands décorés de drapeaux en couleurs, sous des auvents à rayures, et où s'empilaient des bougies et des boîtes de bonbons.

Après une rapide toilette, Paddington descendit illico dans le hall, pour mener sa petite enquête.

Mme Penet, la patronne de l'hôtel, était à la réception quand Paddington arriva. Elle le regarda d'un air dubitatif consulter son manuel de conversation. Elle ne parlait guère mieux l'anglais que Paddington le français, et ils avaient toujours un peu de mal à communiquer.

– Il s'agit… commença-t-elle en réponse à sa question, d'un… comment dire ?… Un *pardon*.

– Je vous en prie, dit Paddington poliment, je me demandais seulement ce qui se passait. Tout ça a l'air très intéressant.

Mme Penet hocha la tête.

– C'est exact, reprit-elle. C'est… comment dire ?… Un pardon.

Paddington lui lança un regard mauvais, puis s'éloigna. Même s'il était un ours très poli, il commençait à en avoir marre de lever son chapeau et de dire « pardon », si bien qu'il s'empressa de sortir et de traverser la place, afin de consulter M. Dupont.

En entrant dans la boulangerie, il fit une découverte encore plus stupéfiante, car à la place de son tablier blanc et de sa toque, le boulanger portait un uniforme bleu marine très chic, avec des galons dorés.

M. Dupont éclata de rire en voyant l'air médusé de Paddington.

– C'est pour le pardon, Mister l'Ours !

Il expliqua alors que ce fameux « pardon » était une fête bien particulière à la Bretagne et qu'on en organisait pour différentes raisons. Il y avait des pardons pour les pêcheurs et les agriculteurs, même pour les oiseaux, sans parler des chevaux et du bétail.

– Le matin, dit le boulanger, il y a toujours une procession, puis tout le monde se rend à l'église. Après la messe, il y a d'autres festivités. Cette année, nous avons une fête foraine et un feu d'artifice. Et même une parade avec la fanfare du village !

M. Dupont se redressa de toute sa hauteur et ajouta avec fierté :

– C'est pourquoi j'ai mis ma tenue d'apparat, Mister l'Ours. Car je suis le chef de la fanfare !

Paddington fut drôlement impressionné et, après avoir remercié le boulanger d'avoir pris la peine de tout lui expliquer, il regagna aussitôt l'hôtel pour informer la famille Brown.

Presque tous les jours, les Brown descendaient à la plage, mais quand ils apprirent la nouvelle, ils changèrent rapidement leurs projets. Après un petit déjeuner vite avalé, ils se joignirent aux villageois qui allaient à l'église. Puis, dans l'après-midi, ils décidèrent à l'unanimité de se rendre dans un champ, à l'extérieur du village, où se tenait la fête foraine.

Paddington était fasciné par tout ce qui s'offrait à sa vue. C'était la première fois qu'il allait dans une fête foraine et il ne se rappelait pas avoir vu ni entendu quoi que ce soit de ressemblant.

Il y avait des roues géantes qui tournaient et montaient dans le ciel, des balançoires et des toboggans multicolores. Puis des manèges transportant des dizaines de gens qui hurlaient et riaient aux éclats, en tournoyant encore et encore, cramponnés à des chevaux de bois aux couleurs de l'arc-en-ciel. Il y avait aussi des stands avec des jeux de massacre et des attractions. De tous côtés, des guirlandes de lumière clignotaient et, au centre du champ de foire, un orgue géant jouait de la musique entraînante en crachant des nuages de vapeur. En vérité, tellement d'activités diverses étaient concentrées sur si peu d'espace que Paddington avait du mal à décider par quoi commencer.

À la fin, après qu'il eut essayé plusieurs fois les toboggans et les balançoires, son attention se focalisa sur l'un des manèges. Et quand il découvrit que les ours de moins de seize ans avaient droit à des tickets à demi-tarif les jours de pardon, il fit encore plusieurs tours pour faire bonne mesure !

Ce fut lorsqu'il descendit du manège pour la dernière fois et regarda M. Brown, Jonathan et Judy l'essayer que Paddington repéra soudain une petite tente à rayures drôlement intéressante. Installée un peu à l'écart, on y avait accroché des tas d'affichettes à l'entrée, dont la plupart étaient en langues étrangères, mais celle qui était rédigée en anglais attira l'attention de Paddington :

MADAME ZAZA
Voyante extralucide de renommée mondiale
LIGNES DE LA MAIN
BOULE DE CRISTAL
SATISFACTION GARANTIE

Au-dessous était imprimé en rouge : MADAME ZAZA PARLE ANGLAIS.

Mme Brown suivit le regard de Paddington, tandis qu'il soulevait le rabat de la tente et jetait un œil à l'intérieur.

— Il est écrit qu'elle lit les lignes de la main, observat-elle d'un air dubitatif, mais à ta place, je serais prudent… C'est peut-être plus cher de lire les pattes.

Mme Brown n'était pas certaine que ce soit une bonne idée d'aller voir une diseuse de bonne aventure.

Paddington s'attirait déjà suffisamment d'ennuis au présent, sans avoir besoin de connaître son avenir. Mais avant qu'elle ait eu le temps de le faire changer d'avis, le rabat de la tente s'était déjà refermé derrière l'ours. Tout cela l'intriguait et il voulait savoir si on pouvait lui lire les lignes de la patte.

Après la forte lumière du soleil, l'intérieur de la tente paraissait bien sombre et, tout en avançant à tâtons, Paddington dut cligner plusieurs fois des yeux avant de découvrir une silhouette dans la pénombre, assise derrière une table recouverte de velours.

Madame Zaza avait les yeux clos et respirait bruyamment. Après avoir attendu impatiemment quelques instants, Paddington la poussa un peu de la patte, puis leva son chapeau pour la saluer.

– Bonjour, je suis venu me faire lire la patte.

Madame Zaza sursauta.

– Comment ? s'exclama-t-elle en français.

– *Come on ?* fit Paddington, déconcerté, croyant qu'elle lui disait de s'approcher en anglais.

Il y avait à peine assez de place pour tous les deux et encore moins pour aller où que ce soit, si bien qu'il tenta de grimper sur la table en expliquant à nouveau la raison de sa visite.

– Attention à ma boule de cristal! s'écria
Madame Zaza en anglais, tandis que la table vacillait.
Ça coûte très cher. Je n'ai pas réalisé que vous étiez
étranger, enchaîna-t-elle. Sinon, je vous aurais aussitôt
parlé dans votre langue.

– Étranger! s'offusqua Paddington. Je ne suis pas
étranger. Je viens d'Angleterre.

– On est étranger quand on se trouve dans un autre
pays que le sien, répliqua Madame Zaza d'un ton
sévère. Et «comment» ne signifie pas que vous devez
monter sur ma table!

Paddington soupira et descendit. Il n'aimait pas
beaucoup cette langue française qui semblait vouloir
dire le contraire de ce qu'il pensait.

– Quoi qu'il en soit, je n'ai pas l'habitude de
recevoir des ours, dit Madame Zaza avec prudence.
Mais comme vous êtes en vacances, si vous voulez
bien me glisser une petite pièce, je vais voir ce que je
peux faire.

Paddington ouvrit sa valise et sortit une pièce de
dix pence, qu'il *glissa* dans la main tendue de la
voyante, avant de la reprendre pour la ranger aussitôt.
La lecture de patte était bien moins chère qu'il ne
l'aurait cru.

Madame Zaza lui lança un regard stupéfait.

– Vous êtes censé la laisser tomber dans ma main ! s'exclama-t-elle.

Paddington lui décocha un de ces regards mauvais dont il avait le secret, avant de rouvrir sa valise et de lui remettre la pièce de dix pence.

– D'habitude, je n'accepte pas non plus les pièces étrangères, dit la voyante, avant de mordiller dedans pour s'assurer qu'elle n'était pas fausse. Mais elle m'a l'air correcte. Montrez-moi votre patte. Je vais d'abord lire celle-ci.

Comme Paddington lui tendait la patte, elle la prit dans sa main. Après l'avoir contemplée d'un air incrédule, elle se frotta les yeux, puis sortit une loupe de sa poche.

– Vous semblez avoir une longue ligne de vie, dit-elle, même pour un ours. Je n'en ai jamais vu d'aussi épaisse, d'autant qu'elle court tout au long de votre patte.

Paddington suivit son regard avec intérêt.

– Je ne pense pas que ce soit une ligne de vie, dit-il, mais un vieux reste de marmelade.

– Un vieux reste de marmelade ? répéta Madame Zaza, éberluée.

– Tout à fait. J'ai dû oublier de me laver la patte après le petit déjeuner.

La voyante se passa une main tremblante sur le front. Il commençait à faire très chaud sous cette tente.

– Ma foi, reprit-elle, je ne peux certainement pas lire votre patte si elle est recouverte de marmelade séchée. J'ai bien peur qu'il faille payer un supplément pour la boule de cristal.

Paddington lui lança un regard méfiant, avant de sortir une nouvelle pièce de dix pence. Il commençait à regretter d'être venu se faire prédire l'avenir.

Madame Zaza lui arracha la pièce de la patte, puis rapprocha la boule de cristal.

– D'abord, vous devez me préciser le mois de votre anniversaire.

– Juin et décembre, répondit-il.

– Juin et décembre ? répéta la voyante. Mais vous ne pouvez pas en avoir deux. Personne n'a plus d'un anniversaire par an.

– Sauf les ours, rétorqua Paddington d'un ton ferme. Les ours en ont toujours deux.

– Alors ça ne facilite pas les choses, dit Madame Zaza. Et je ne peux garantir le résultat.

Elle agita plusieurs fois les mains, puis fixa attentivement la boule de cristal.

– Je vois que vous allez effectuer un déplacement, commença-t-elle d'une voix étrange et lointaine. Très bientôt !

Elle releva la tête et le regarda droit dans les yeux, en ajoutant, pleine d'espoir :

– Je pense que vous devriez même partir tout de suite.

– Je vais partir en voyage ? s'exclama Paddington, vraiment surpris. Mais j'ai déjà fait tout ce chemin depuis Windsor Gardens ! Est-ce que la boule dit où je vais aller, cette fois ?

Madame Zaza la consulta à nouveau et une expression rusée traversa son visage.

– Non, dit-elle, mais là où vous irez ça va sans doute faire *boum !*.

La voyante s'était souvenue du feu d'artifice prévu dans la soirée, ce qui lui paraissait une excellente réponse à la question de Paddington. Mais en continuant à fixer sa boule, elle prit soudain un air intrigué. Elle souffla dessus, puis la fit briller avec la pointe de son châle.

– Ça alors, ça ne m'est jamais arrivé ! s'exclama-t-elle. Je vois un autre ours !

– Je ne crois pas que c'en soit un autre, dit Paddington en grimpant sur sa valise pour regarder par-dessus l'épaule de Madame Zaza. Je pense que c'est moi. Mais je ne vois rien d'autre.

La voyante recouvrit aussitôt la boule avec son châle.

– L'image s'efface, dit-elle, agacée. Je pense qu'il me faudrait une autre pièce.

– Encore ? riposta Paddington, suspicieux. Mais je viens de vous en donner une !

– Encore, dit-elle d'un ton ferme. Dix pence, ça ne dure pas longtemps.

Paddington avait l'air très déçu en s'éloignant de Madame Zaza, dont il se hâta de quitter la tente avant qu'elle ne lui réclame davantage d'argent.

Les Brown bavardaient près du manège avec M. Dupont, quand Paddington les rejoignit.

– Alors, mon petit ? demanda Mme Brown. Comment ça s'est passé ?

– Pas très bien, madame Brown, répondit Paddington d'un air tout triste. Et ce n'était pas très avantageux. Je crois que mes lignes étaient embrouillées. Pareil pour la boule de cristal.

M. Dupont leva les mains d'un air compréhensif.

– Ah, Mister l'Ours ! Si nous pouvions régler nos problèmes en regardant dans une boule de cristal, ça nous faciliterait drôlement la vie. Moi aussi, j'aimerais bien connaître l'avenir !

M. Dupont semblait très soucieux et venait d'expliquer aux Brown un problème lié aux festivités de la soirée.

– Une fois par an, dit-il en mettant Paddington au courant, nous défilons avec la fanfare dans le village et ce soir, juste ce soir, l'homme qui joue de la grosse caisse est tombé malade !

– Quel dommage, dit Mme Brown. Ce doit être très contrariant.

– Vous ne pouvez pas trouver un remplaçant ? questionna M. Brown.

M. Dupont secoua la tête d'un air dépité.

– Ils sont tous trop occupés à s'amuser à la fête foraine, dit-il. Et nous sommes déjà en retard pour les dernières répétitions.

Tout en les écoutant parler, Paddington se mit à rouler des yeux comme des soucoupes et regarda plusieurs fois du côté de la tente de Madame Zaza, comme s'il pouvait à peine en croire ses oreilles.

– Peut-être que je pourrais vous aider, monsieur Dupont ! suggéra-t-il, tout excité, quand le boulanger eut fini de parler.

– Vous, Mister l'Ours ? s'étonna M. Dupont. Mais comment ça ?

Tout le monde écouta Paddington avec un étonnement grandissant, tandis qu'il racontait sa séance chez la voyante qui lui avait parlé d'un déplacement et d'un grand *boum!*.

Quand il eut fini, M. Dupont se frotta le menton d'un air pensif.

– C'est certainement très étrange. Extraordinaire, même !

Tout en réfléchissant, le boulanger devint de plus en plus enthousiaste.

– Je n'ai jamais entendu parler d'un ours musicien dans une fanfare, ajouta-t-il. Ce serait une superbe attraction !

Les Brown échangèrent un regard.

– Je suis certaine que c'est un très grand honneur, dit Mme Brown, d'un ton hésitant. Mais est-ce bien prudent ?

– À quoi rime une fanfare qui défile s'il n'y a personne pour fermer la marche en faisant *boum! boum! boum!*? répliqua M. Dupont en agitant les bras de manière théâtrale.

Les Brown se turent. Difficile, en effet, de répondre à la question du boulanger.

– Après tout, c'est votre fanfare, dit M. Brown.

– Dans ce cas, déclara M. Dupont, l'affaire est réglée.

Les Brown regardèrent avec angoisse M. Dupont et Paddington s'en aller à la répétition. À la pensée que Paddington puisse jouer dans la fanfare du village, toutes sortes de situations leur traversaient l'esprit.

Cependant, à mesure que l'après-midi avançait, et malgré leurs appréhensions, ils s'enthousiasmèrent de plus en plus à l'idée de le voir jouer de la grosse caisse. Si bien qu'à la nuit tombée la famille s'installa sur le balcon de l'hôtel pour assister au défilé. Même M. Brown ne cessait de répéter qu'il avait hâte que ça commence.

Au loin, ils entendaient les musiciens accorder leurs instruments et même plusieurs grands *boum!* quand Paddington testa sa grosse caisse.

– Pourvu qu'il ne commette pas d'erreur et ne gâche pas tout, dit Mme Brown. Il n'a pas vraiment l'oreille musicale…

– Si on peut se fier au vacarme qu'il fait à la maison, observa Mme Bird en levant le nez de son tricot, il n'y a pas de quoi s'inquiéter !

Tout à coup, des hourras s'élevèrent parmi les villageois rassemblés sur la place, tandis que la fanfare, dirigée par M. Dupont, faisait son entrée au son d'une marche triomphale.

Le boulanger était très impressionnant, lorsqu'il lança son bâton en l'air en le faisant tournoyer, puis le rattrapa au vol d'une seule main. Mais ce fut Paddington que la foule applaudit à tout rompre lorsqu'il arriva en fin de cortège avec la grosse caisse. Tout le monde voulait voir ce fameux ours anglais qui s'était porté volontaire à la dernière minute pour remplacer le musicien malade.

Paddington se sentit drôlement important quand il entendit les gens l'acclamer et il agita plusieurs fois la patte pour les remercier, entre deux battements de grosse caisse. Il salua bien sûr tout spécialement la famille Brown et Mme Bird en passant devant l'hôtel.

– Ma foi, dit la gouvernante avec fierté, comme la fanfare disparaissait en haut de la rue, cet ours fermait peut-être la marche, mais je l'ai trouvé meilleur que tous les autres musiciens réunis !

– J'ai réussi à prendre des photos, dit M. Brown en abaissant son appareil, mais j'ai bien peur qu'on le voie uniquement de dos.

– Pas de problème, papa, dit Jonathan. Tu pourras le photographier de face. Je pense qu'ils sont de retour.

M. Brown se prépara, tandis que la musique se rapprochait. La fanfare avait attaqué une deuxième marche et revenait vers la place.

– On entend moins la grosse caisse de Paddington, remarqua Mme Brown, tandis qu'ils se rasseyaient. J'espère qu'il n'a pas de problème avec ses baguettes.

– Peut-être qu'il commence à avoir mal aux pattes, dit Judy.

– J'hallucine ! s'écria Jonathan en bondissant de sa chaise quand la fanfare réapparut. Il n'est plus avec eux !

– Comment ça ? s'exclama M. Brown en abaissant son appareil photo. Il n'est plus là ? Impossible, voyons.

Les Brown se penchèrent au balcon d'un air inquiet et même M. Dupont lança des regards à plusieurs reprises par-dessus son épaule, avant de faire stopper la fanfare au milieu de la place, mais Paddington avait disparu !

– C'est drôle, dit M. Brown, en mettant la main en pavillon sur son oreille. J'entends toujours quelque chose au loin.

Les autres écoutèrent attentivement. Le son semblait provenir de l'autre bout du village. Il faiblissait de plus en plus, mais c'était à n'en pas douter des battements de tambour.

– Mince alors ! Je parie que c'est Paddington, dit Judy. Il a dû continuer tout droit par erreur, alors que les autres faisaient demi-tour.

– Dans ce cas, nous ferions mieux de partir à sa recherche ! suggéra M. Brown. Sinon, qui sait où il risque d'atterrir ?

Les Brown et Mme Bird affichèrent une expression lugubre tandis qu'ils prenaient conscience de la situation. Même Paddington aurait partagé leur inquiétude, s'il s'était trouvé à leur place. Mais il continuait à battre sa grosse caisse avec entrain, sans se douter de la tournure des événements.

Dans l'ensemble, entre la fête foraine et les répétitions de la fanfare, il avait passé une journée des plus agréables, mais à présent que l'enthousiasme de la parade s'était estompé, il commençait à souhaiter que ça finisse bientôt. D'abord, ce tambour était bien trop grand et trop lourd à son goût et, comme il avait les pattes courtes, il peinait à garder l'allure.

La grosse caisse était sanglée à ses épaules, mais il avait pu la poser sur sa valise pendant les répétitions, alors que maintenant qu'il défilait, celle-ci était beaucoup trop haute pour qu'il puisse voir par-dessus. Sans compter qu'il n'avait aucune idée de l'endroit où il allait, qu'il étouffait dans son duffle-coat, et que sa capuche était retombée sur sa tête, si bien qu'il n'entendait pas les autres musiciens.

M. Dupont s'était donné beaucoup de mal pour expliquer combien la grosse caisse était un instrument important : même quand la fanfare cessait de jouer, on devait toujours battre la mesure avec la grosse caisse, afin que les autres musiciens puissent marcher au pas.

Pourtant, à ce que Paddington pouvait en juger, cela faisait cinq bonnes minutes qu'il était apparemment seul à jouer et il commençait à en avoir un peu marre.

Plus il avançait, plus la grosse caisse lui semblait lourde, sans compter que ses genoux commençaient à faiblir sous le poids et que son capuchon lui masquait la vue et ne risquait pas de remonter.

Juste au moment où il hésitait à appeler à l'aide, le sort décida pour lui. Alors qu'il marchait sur la route, voilà qu'il décolla soudain du sol. Il eut à peine le temps de pousser un cri de surprise que tout lui parut sens dessus dessous, puis il se retrouva étendu sur le dos avec l'impression d'avoir une tonne pesant sur lui !

Paddington resta là quelques instants à haleter, avant d'ôter prudemment son capuchon et de regarder autour de lui. À sa grande surprise, ni M. Dupont ni le reste des musiciens n'étaient là. En fait, il ne voyait plus que la lune et les étoiles dans le ciel. Pire encore, lorsqu'il tenta de se relever, il n'y parvint pas : le tambour reposait sur son ventre et il avait beau essayer, impossible de le déplacer.

Paddington poussa un grand soupir.

– Oh ! là, là ! dit-il. Je me suis encore attiré des ennuis !

– Quelle bonne idée d'avoir continué à battre la grosse caisse, dit Mme Brown. Sinon, tu serais resté là-bas toute la nuit.

Un peu plus tard, dans le hall de l'hôtel…

Tout le monde s'était rassemblé autour de Paddington qui expliquait comment on l'avait sauvé. M. Dupont surtout était soulagé de le revoir, car il se sentait responsable de tout cela.

– J'ai dû marcher dans un trou par erreur, madame Brown, dit Paddington. Ensuite, la grosse caisse était si lourde que je ne pouvais plus me redresser.

Elle lui aurait volontiers demandé pourquoi il n'avait pas tout simplement défait les sangles, mais elle préféra éviter avec tact la question. En fait, trop de gens parlaient en même temps, dont la plupart étaient venus féliciter Paddington et M. Dupont pour leur défilé dans le village.

En tout cas, Paddington était trop préoccupé par ses

propres problèmes… De loin, il donnait bizarrement l'impression d'essayer de se retourner la peau des pattes.

– Tout va bien, madame Brown, dit-il en voyant son air inquiet. Je testais simplement les lignes de ma patte.

– Ma foi, j'espère que ton expérience de musicien t'aura quand même apporté une certaine satisfaction. Harnaché comme tu l'étais, j'ai l'impression que ce n'était pas très confortable.

– Je ne sais pas trop, dit Paddington, plein d'espoir, mais ça ressemblait à un feu d'artifice !

– Hum ! fit Mme Bird d'un air sombre.

Zoum ! Au même moment, la première fusée fila dans les airs et illumina le ciel.

– Sapristi ! s'exclama-t-elle. Tes désirs sont des ordres !

Mais ses paroles tombèrent dans l'oreille d'un sourd, car Paddington avait déjà filé à l'extérieur, suivi par Jonathan et Judy, M. Brown et M. Dupont fermant la marche.

Paddington aimait les feux d'artifice et avait hâte d'en profiter, maintenant qu'il s'était remis de ses émotions. À en croire l'effervescence qui régnait sur

la place, il devina que les feux d'artifice valaient le
déplacement en France et il ne voulait pas en perdre
une miette !

6

UN JOLI COIN DE PÊCHE

– Et si nous allions à la pêche aujourd'hui ? demanda M. Brown au petit déjeuner.

Sa suggestion fut accueillie de différentes manières par les autres membres de la famille. Mme Brown et Mme Bird échangèrent des regards angoissés, Jonathan et Judy poussèrent des cris de joie, tandis que Paddington manqua dégringoler de sa chaise tellement l'idée l'enthousiasmait.

– Qu'allons-nous pêcher ? demanda Mme Brown, en espérant que son mari suggère un endroit tranquille, près du rivage.

– Du maquereau, répondit-il vaguement. Ou nous pourrions peut-être essayer la sardine. Quoi qu'il en soit, que tous ceux qui sont d'accord lèvent la main.

M. Brown parut ravi de la réaction à sa proposition.

– Ce qui nous fait quatre « pour » et deux « contre ».

– Ça nous fait deux partout! répliqua Mme Bird d'un ton sévère. Les ours qui lèvent leurs deux pattes en même temps sont disqualifiés.

– Eh bien, je n'ai pas encore voté, dit M. Brown en levant la main, alors nous arrivons à trois contre deux. Il existe une jolie petite île dans la baie, enchaîna-t-il. Nous pouvons nous y rendre à la voile et nous y installer pour pêcher.

– Tu as bien dit « à la voile », Henry? demanda Mme Brown d'une voix nerveuse.

– Tout à fait, confirma-t-il. J'ai croisé l'amiral Grundy juste avant le petit déjeuner et il nous a invités à passer la journée là-bas.

La nouvelle rendit Mme Brown et Mme Bird encore moins enthousiastes. Même les moustaches de Paddington tombèrent lamentablement dans son petit pain tartiné de marmelade.

L'amiral Grundy était un officier de marine à la retraite, qui vivait dans une maison appelée le *Nid-de-pie*, sur une falaise, à l'extérieur du village. Les

Brown l'avaient rencontré à deux ou trois reprises et sa voix ressemblait à une sorte de corne de brume rouillée qui les rendait toujours nerveux.

La première fois, il avait crié si fort du haut de la falaise que Mme Brown avait même craint qu'il provoque une chute de pierres. Et Paddington, effrayé, avait lâché son cornet de glace qui était tombé à l'eau.

«Je vous observe depuis trois jours avec mon télescope! avait rugi l'amiral Grundy en s'adressant à M. Brown. En voyant votre short, j'ai deviné que vous deviez être anglais. Mais quand j'ai découvert un ours se promenant sur la page, alors là j'ai cru halluciner!»

– Je pense qu'il aboie beaucoup mais ne mord pas, reprit M. Brown. Et il semble tenir à ce qu'on l'accompagne à cette sortie en mer. Maintenant qu'il est à la retraite, il ne doit pas voir beaucoup d'Anglais, à mon avis.

– Hum! fit Mme Bird d'un air mystérieux. J'imagine que quelques préparatifs s'imposent.

À ces paroles, elle quitta la table et disparut à l'étage, avant de redescendre quelques minutes plus tard, armée d'un petit paquet qu'elle tendit à Paddington.

– Mon petit doigt m'a dit que nous allions peut-être naviguer, annonça-t-elle. Comme l'eau salée rend le poil des ours tout collant, j'ai confectionné cette tenue de marin spéciale avant notre départ dans une ancienne cape de cycliste de Jonathan.

Paddington manqua s'étrangler de surprise en découvrant le contenu du paquet. Tout le monde le regarda ensuite avec admiration, tandis qu'il enfilait des jambières de pêche, une veste et un chapeau de marin-pêcheur, le tout en toile cirée.

– Merci beaucoup, madame Bird ! s'exclama-t-il, tout en ajustant ses bretelles.

– Nous voilà donc parés ! dit M. Brown. Nous n'avons plus qu'à monter sur le bateau, alors.

Après avoir rassemblé leurs affaires, les Brown descendirent la rue pavée tortueuse qui menait au port et Paddington les suivit sur son petit nuage. Commencer la journée par une surprise, c'était chouette, mais faire de la voile avec une nouvelle tenue, c'était merveilleux !

Paddington aimait bien les bateaux et les ports, et encore plus celui de Saint-Castille qui était différent de tout ce qu'il avait connu jusqu'alors. Pour commencer, les pêcheurs utilisaient des filets bleu ciel, qui étaient magnifiques quand ils les faisaient sécher au soleil. Et les pêcheurs eux-mêmes étaient différents, car au lieu de porter un chandail et des bottes en caoutchouc, ils arboraient des vareuses rouges et des sabots en bois.

Paddington avait passé du temps assis sur le quai avec les Brown à regarder les activités du port, tandis que les pêcheurs de sardines allaient et venaient, si bien qu'il se réjouissait d'avance de cette balade en mer.

L'amiral Grundy était déjà à bord de son voilier quand les Brown arrivèrent. Sitôt qu'ils apparurent au coin de la rue, il sursauta, puis fixa Paddington de son regard d'acier sous ses sourcils broussailleux.

– Mille sabords ! explosa-t-il. Qu'est-ce que c'est que ça ? La météo annonce une tempête ou quoi ?

– Pardon, monsieur l'amiral ? fit l'ours.

– Je crois qu'il est surpris par ta tenue, murmura Judy, tandis que l'amiral Grundy lorgnait le soleil, puis de nouveau Paddington.

– C'est Mme Bird qui l'a confectionnée tout spécialement pour moi ! lança-t-il en décochant un regard mauvais à M. Grundy.

L'amiral se ressaisit et tendit la main avec galanterie à la gouvernante.

– Bienvenue à bord, madame ! s'exclama-t-il.
J'espère ne pas vous avoir offensée. Allons, pressons.
Les femmes et les ours d'abord.

– Tu peux te poster à l'avant, l'ours, dit-il à
Paddington. Garde l'œil aux aguets et écoute mes
instructions.

Paddington traversa le pont et se plaça à la proue. Il
ne savait pas trop ce qu'il était censé surveiller, mais
il était ravi d'avoir pris ses jumelles et passa un petit
moment à scruter l'horizon.

Sans vouloir vexer Mme Bird qui s'était donné du
mal pour réaliser sa tenue, il commençait à regretter
de la porter. L'amiral avait raison : il ne naviguait pas
en pleine tempête. Non seulement il faisait chaud,
mais en plus ses bretelles n'arrêtaient pas de glisser
et il devait tenir son pantalon d'une patte, ce qui ne
facilitait pas sa tâche de vigie.

Un rugissement l'arracha soudain à sa rêverie.

– Tiens-toi prêt à l'avant ! tonna l'amiral en ins-
pectant son bateau. Observe le pavillon ! ajouta-t-il
en montrant un petit drapeau triangulaire qui flottait à
la tête de mât.

Il se tourna vers Mme Bird, abritée sous son
ombrelle, à l'arrière, et lui expliqua :

– Il indique la direction du vent, voyez-vous. Très important !

Puis l'amiral se mit à brailler toute une série de phrases bizarres, comme «Paré à bâbord !», «Paré à tribord !» avant d'ajouter :

– Tiens-toi prêt à larguer les amarres, l'ours !

Paddington se dit que faire de la voile se révélait bien plus compliqué que prévu. Comme ses jambières de pêche ne cessaient de dégringoler, il attrapa un bout de cordage et le noua autour de sa taille.

– Attention ! beugla l'amiral. Je vais hisser la grand-voile ! Rien ne vaut un bon voilier, ajouta-t-il d'un air satisfait. Je ne supporte pas les moteurs.

– Je dois dire qu'elle est magnifique, observa Mme Brown en contemplant la voile qui se gonflait dans la brise. Mais… il y a un problème, amiral ?

– Où est passé ce jeune ours ? explosa-t-il. Ne me dites pas qu'il a basculé par-dessus bord !

– Bonté divine ! s'exclama Mme Bird, paniquée. Qu'est-ce qu'il fabrique encore ?

Les Brown se penchèrent par-dessus le bastingage et scrutèrent la mer, mais Paddington semblait avoir disparu.

– Je ne vois pas de bulles à la surface, dit l'amiral. Et je n'entends rien avec tout ce tohu-bohu sur le quai !

Les Brown levèrent la tête. En effet, des tas de pêcheurs agitaient les bras et certains pointaient le doigt vers le ciel.

– Mille sabords ! s'écria l'amiral en se redressant, la main en visière sur les yeux. Il est tout en haut du grand mât !

– C'était pour ne pas perdre mon pantalon, pantela Paddington, offusqué, quand on le redescendit sur le pont. Mes bretelles n'arrêtaient pas de glisser, alors je me suis fait une ceinture, mais je n'ai pas dû prendre la bonne corde.

Avant que l'amiral ne réagisse, Mme Bird s'empressa d'intervenir pour calmer le jeu :

– Par sécurité, tu ferais mieux de t'asseoir avec moi à l'arrière.

Des tas de gens s'étaient rassemblés sur le quai et elle n'appréciait guère l'expression de l'amiral, dont le visage avait pris une vilaine nuance de violet.

Paddington s'épousseta, puis alla s'asseoir auprès de la gouvernante, tandis que le calme revenait à bord et que l'amiral hissait de nouveau la grand-voile.

Peu de temps après, ils quittaient le port et voguaient tranquillement vers le large.

Pendant que Jonathan et Judy regardaient la proue fendre l'écume, M. Brown lança sa canne à pêche et même Paddington tenta sa chance à l'arrière du voilier, avec une ficelle et une épingle recourbée que Mme Bird avait dénichée au fond de son sac.

Tout était si nouveau et si captivant pour lui que le temps passa très vite, et ils se retrouvèrent bientôt sur l'île.

En plus des affaires de l'amiral, les Brown avaient apporté une tente et un grand panier d'osier rempli de victuailles que Mme Bird avait achetées au village. Pendant que Jonathan, Judy et Paddington se lançaient dans l'exploration de l'île, Grundy et M. Brown se mirent à décharger le bateau.

Ce fut quand ils se tournèrent pour effectuer leur deuxième voyage que l'amiral se mit à crier encore plus fort que d'habitude en désignant la mer et en gesticulant comme un fou.

– Il dérive ! Mon voilier part à la dérive !

Les Brown suivirent son regard, affolés, et découvrirent en effet le bateau qui s'en allait tout seul vers le large.

– Mille sabords ! rugit l'amiral. Personne ne l'a amarré au débarcadère ?

Les Brown se dévisagèrent. Dans l'enthousiasme du débarquement sur l'île, ils avaient laissé l'amiral se charger de cette tâche.

– Nous pensions que vous l'aviez fait, dit M. Brown.

– En cinquante ans de navigation, je n'ai jamais perdu un bateau ! grommela l'amiral, qui tapait du pied. Alors me retrouver coincé sur une île, encore moins… Quel équipage, franchement !

– Vous ne pouvez pas envoyer un signal de détresse ou quelque chose comme ça ? suggéra Mme Brown, angoissée.

– Impossible, grogna-t-il. Mes fusées de détresse sont à bord !

– Tout comme mes allumettes, renchérit M. Brown. Si bien qu'on ne peut même pas allumer un feu.

L'amiral arpenta encore plusieurs fois la plage en tapant du pied, avant de s'arrêter net en désignant la tente de M. Brown.

– Je vais installer mon quartier général sur l'herbe, en surplomb de la plage ! s'exclama-t-il. Il me faut du calme pour réfléchir à un moyen d'alerter les gens du continent.

– Je veux bien vous aider, monsieur Grundy, proposa Paddington, toujours prêt à donner un coup de patte.

– Merci, l'ours, dit l'amiral d'un ton bourru. Mais tu devras faire attention à tes nœuds. Je n'ai pas envie que la tente s'affaisse sitôt que je serai à l'intérieur.

L'amiral Grundy abandonna donc les Brown à leur triste sort sur la plage, tandis qu'ils envisageaient déjà de passer la nuit sur l'île. Il ramassa le sac contenant la tente et gravit la dune, suivi de près par Paddington.

Ce dernier était vivement intéressé par la tente de M. Brown. Il était déjà tombé dessus à une ou deux reprises, en explorant le grenier de la maison de Windsor Gardens, mais ne l'avait jamais vue montée. Une fois sur l'herbe, il s'assit sur une grosse pierre et observa attentivement l'amiral qui déplia la grande toile blanche et posa des piquets et des cordes par terre.

Après avoir vissé les piquets pour former deux mâts, l'amiral Grundy passa la toile au-dessus et souleva l'ensemble.

– Je vais tenir les mâts, l'ours ! rugit-il en disparaissant au-dessous. À toi de fixer les tendeurs. Tu trouveras des pieux dans le sac.

Paddington bondit de son petit rocher. Il n'était pas certain de savoir ce qu'étaient des tendeurs et encore moins des pieux, mais il était ravi de pouvoir enfin se rendre utile. En ouvrant le sac, il fut encore plus heureux d'y découvrir non seulement un maillet mais des petits morceaux de bois pointus, ainsi qu'un manuel d'instruction.

Paddington aimait bien ce genre d'ouvrages… surtout lorsqu'ils étaient remplis de photos, et celui de M. Brown semblait en avoir beaucoup. Sur la couverture, on voyait un homme marteler les petits morceaux de bois pour les planter dans la terre. Et même s'il s'agissait d'un gros bonhomme jovial en short – rien à voir avec l'amiral bourru –, Paddington était sûr que le manuel lui serait d'un grand secours.

– Que se passe-t-il, l'ours ? brailla l'amiral Grundy d'une voix étouffée. Remue-toi. Je ne peux pas tenir plus longtemps sous cette toile.

Paddington leva le museau et découvrit avec surprise que l'amiral et sa tente n'étaient plus au même endroit. Une forte brise soufflait à présent et l'amiral Grundy avait du mal à rester debout bien droit, d'autant que la toile claquait comme une voile de bateau.

– Tenez bon, monsieur Grundy ! répliqua Paddington en brandissant son maillet. J'arrive !

Après avoir consulté le manuel à plusieurs reprises, il prit une poignée de pieux et se hâta de rejoindre l'amiral aux prises avec la toile de tente.

Paddington aimait bien marteler et passa plusieurs minutes drôlement joyeuses à planter les pieux dans la terre et à nouer les cordes en les serrant bien fort, comme l'amiral le lui avait demandé.

À vrai dire, il y avait beaucoup plus de cordes que sur la photo du manuel, si bien que Paddington dut effectuer plusieurs allers-retours pour aller chercher des pieux dans le sac, et l'opération l'occupa plus longtemps que prévu.

Sinon, l'amiral n'arrêtait pas de lui crier de se dépêcher, au point que Paddington ne savait plus où donner de la tête, et les nœuds, loin d'être aussi parfaits que sur le manuel, ressemblaient de plus en plus à un vieux tricot mal fait.

– C'est une nouvelle tente ? demanda Mme Bird en observant le montage depuis la plage.

– Non, répondit M. Brown. Toujours la même vieille tente. Pourquoi ?

– Elle a une drôle de forme. Plutôt grande et bouffante, je dirais.

– Bonté divine ! Vous avez raison.

– Je pense que nous ferions mieux d'aller voir, suggéra la gouvernante. Tout ça ne m'inspire pas confiance.

En disant cela, Mme Bird se faisait l'écho de Paddington qui, après avoir enfoncé tous les pieux et noué toutes les cordes, croyait pouvoir admirer son ouvrage mais découvrait en définitive que l'amiral avait disparu !

Même la tente ne ressemblait pas à la photo sur la dernière page du manuel. Celle-là évoquait une petite maison, avec le gros bonhomme en short qui souriait à belles dents et faisait signe à une foule d'admirateurs de venir la visiter. En s'épongeant le front et en contemplant la tente de M. Brown, Paddington dut bien admettre que celle-ci ressemblait plus à un immense ballot de linge, avec plusieurs bosses ici et là.

Il s'empressa d'en faire le tour et regarda de plus près, mais impossible d'y entrer, même en rampant ! Pas la moindre porte en vue ! Pire encore, loin d'avoir un amiral tout sourire pour l'accueillir, celui-ci semblait s'être volatilisé !

Paniqué, Paddington tapota sur l'une des bosses avec son maillet.

– Vous êtes là, monsieur Grundy ?

– GRRR ! rugit une voix. C'ÉTAIT MA TÊTE !

Paddington fit un bond en arrière et manqua trébucher sur les pieux en voulant s'échapper.

– Laisse-moi sortir, l'ours ! vociféra l'amiral. Je vais te mettre aux fers pour m'avoir fait ça !

Paddington n'aimait pas trop l'idée d'être mis aux fers et revint consulter le manuel, au cas où il aurait sauté une page. Mais il n'existait aucun chapitre sur la manière de démonter une tente et encore moins sur les campeurs disparus.

Il tenta de tirer fort sur les cordes, mais ça ne faisait qu'aggraver les choses. Plus il tirait, plus l'amiral beuglait.

– Paddington ! s'écria Mme Brown, qui arriva avec les autres juste à temps pour qu'ils soient accueillis par un rugissement. Mais que se passe-t-il donc, à la fin ?

– Je l'ignore, madame Brown. Je crois que j'ai dû embrouiller mes cordes. Ce n'est pas évident avec des pattes.

– Waouh ! s'exclama Jonathan, admiratif. T'as fait fort, Paddington. J'ai jamais vu des nœuds pareils. Même chez les scouts !

– Sapristi ! lâcha Mme Bird. Nous devons agir sans tarder. Ce pauvre homme va s'étouffer là-dessous.

L'un après l'autre, les Brown se penchèrent pour examiner les nœuds, mais plus ils tiraient sur les cordes, plus les nœuds se resserraient, et plus les vociférations de l'amiral faiblissaient.

Au moment d'abandonner tout espoir de le libérer, un événement inattendu se produisit. Les Brown étaient tellement occupés à défaire les nœuds de Paddington qu'ils n'avaient pas vu l'agitation qui régnait soudain sur la plage. Ils s'en rendirent seulement compte en entendant des éclats de voix qui s'approchaient et levèrent alors la tête pour découvrir un groupe de pêcheurs qui venaient vers eux.

– On a vu votre signal de détresse, monsieur, dit le chef de la bande dans un anglais approximatif.

– Notre signal de détresse ? répéta M. Brown.

– Exact ! Même qu'on l'a vu de loin. Le jeune ours anglais agitait un drap blanc. Et puis on a croisé le bateau de monsieur l'amiral qui dérivait, alors on est venus vous sauver, pardi !

M. Brown recula, tandis que les pêcheurs se regroupaient autour de la tente pour inspecter les nœuds.

– Je me demande si c'est seulement le cas de Paddington, dit-il, ou si tous les ours sont nés sous une bonne étoile !

– Humpfff! grommela l'amiral pour la énième fois, tandis qu'on lui répétait comment on était venus à sa rescousse.

Même les marins, pourtant habitués aux cordages, avaient mis un petit moment pour défaire les nœuds de Paddington. Et lorsque l'amiral fut enfin libéré, son visage avait pris la couleur d'un homard trempé dans l'eau bouillante! Mais quand il apprit qu'on avait récupéré son bateau pour le mettre à l'ancre dans la baie, il recouvra bientôt son calme. À mesure que la journée avança, il redevint jovial et participa même à des jeux sur la plage.

– Je suppose que je devrais te remercier, l'ours, maugréa-t-il en lui tendant la main. Dans le temps, j'aurais bien aimé avoir plus de moussaillons comme toi à bord. À part ça, je me suis bien amusé.

– Je vous en prie, monsieur Grundy, déclara Paddington en lui tendant la patte.

Il ne comprenait pas vraiment pourquoi tout le monde le remerciait, surtout qu'il s'attendait à avoir des ennuis… mais ce n'était pas le genre d'ours à mettre en doute sa bonne fortune.

– Je suppose que tu aimes le chocolat chaud?

– Oh oui! s'exclama Paddington en écarquillant les yeux.

Même les Brown n'en revenaient pas que l'amiral puisse l'avoir deviné.

– Je n'ai pas navigué sur les sept mers sans connaître un peu les coutumes des ours, pardi !

Il mit sa main en visière, tandis qu'ils entraient dans le port, où le soleil jouait à cache-cache derrière les maisons.

– Je parie que tu n'as jamais goûté à du vrai cacao de marin, reprit l'amiral. Je m'en suis préparé une gamelle pleine. Et si vous veniez en boire une tasse dans ma cabine, avant d'aller au lit ?

– Oui ! Oui ! répondirent les Brown avec enthousiasme.

Et Paddington eut même le droit de lever les deux pattes en signe d'approbation. Après cette journée formidable, même s'ils n'avaient pas vu l'ombre d'une sardine, rien de tel qu'une bonne tasse de chocolat chaud pour conclure en beauté cette sortie en mer, à la manière d'un vrai marin !

7
EN TÊTE DE PELOTON

M. Dupont regarda Paddington d'un air ahuri.

– Vous voulez dire, Mister l'Ours, que vous n'avez jamais entendu parler de *cyclisme*?

– Jamais, monsieur Dupont, confirma Paddington avec gravité.

– Mais tout le monde devrait voir une course cycliste! s'exclama le boulanger en levant les bras. C'est passionnant! Et vous avez de la chance, car celle qui passera demain dans notre village est la plus grande de toutes.

M. Dupont marqua une pause pour ménager son effet, puis:

– Ça s'appelle le Tour de France. Elle se déroule sur

trois semaines et les gens viennent du monde entier pour la voir.

Paddington écouta attentivement le boulanger lui expliquer que c'était un honneur de participer à la course et que celle-ci traverserait même le village plusieurs fois.

– Jusqu'en haut de la colline, précisa M. Dupont, autour des maisons, puis jusqu'en bas de la colline. Comme ça, tout le monde aura l'occasion de la voir. D'ailleurs, il y a même un prix pour le champion cycliste qui dévalera la colline et entrera en tête dans le village. Pensez-y, Mister l'Ours !

M. Dupont dut alors servir un client et, après l'avoir remercié pour toutes ces explications, Paddington quitta la boulangerie et traversa la place en vitesse afin de jeter encore un coup d'œil sur l'affiche qui avait suscité son intérêt.

On y voyait une interminable route sinueuse, remplie d'hommes à bicyclette. Tous portaient un maillot de couleur vive et étaient courbés sur leur guidon, le visage très concentré. Ils semblaient avoir parcouru un long chemin, car ils étaient en sueur et fatigués, et l'un d'eux mangeait même un sandwich tout en pédalant !

La vue du sandwich rappela à Paddington que c'était presque l'heure de sa pause de onze heures. Mais avant de rentrer à l'hôtel chercher son pot de marmelade, il passa quelques minutes à feuilleter le manuel de conversation de M. Gruber, afin de déchiffrer les mots imprimés en tout petits caractères en bas de l'affiche.

L'idée qu'on puisse gagner un prix simplement en arrivant le premier à une course à vélo intéressait beaucoup Paddington. Mais il aurait bien aimé avoir M. Gruber sous la patte, pour se faire expliquer tout cela en détail.

L'air songeur, Paddington regagna la terrasse de l'hôtel, où les Brown bavardaient. Dans le quart d'heure qui suivit, il était tellement absorbé par ses pensées qu'il trempa à plusieurs reprises la patte dans la tasse de cacao au lieu du pot de marmelade.

Plus tard, alors que les autres étaient déjà à la plage depuis un petit moment, il débuta sur le sable avec son seau et sa pelle, en affichant une expression satisfaite.

– Qu'est-ce que tu fabriquais, Paddington ? demanda Mme Brown. Nous commencions à nous inquiéter.

– Oh, vous savez… Je traînais ici et là, répondit-il en désignant vaguement le village avec les pattes.

Mme Bird l'observa d'un œil méfiant. À présent qu'il s'était approché, elle aperçut dans ses poils plusieurs marques noires qui ressemblaient étrangement à des taches de graisse. Mais avant qu'elle ne puisse les scruter davantage, Paddington fonçait déjà vers la mer.

– Tâche de ne pas être en retard demain, Paddington ! lui cria M. Brown. C'est le jour de la grande course cycliste. Tu ne peux pas manquer un tel événement !

À la surprise générale, les paroles de M. Brown eurent un effet très étrange sur Paddington, car il faillit tomber à la renverse et recouvra l'équilibre d'un air coupable, avant de filer dans les vagues le plus vite possible, tout en lançant des regards affolés par-dessus son épaule.

– Certains jours, je donnerais cher pour lire dans ses pensées, soupira Mme Brown. Ça doit être fascinant, j'en suis certaine.

– Hmm ! fit Mme Bird d'un air sombre. Eh bien moi, je suis sûre qu'il vaudrait mieux ne pas les connaître. Nous n'aurions jamais un instant de tranquillité, sinon. Toutefois, en ce moment même, il a l'air trop content de lui à mon goût.

À ces mots, les Brown et Mme Bird se calèrent dans leurs transats respectifs et profitèrent du soleil. Comme les vacances touchaient à leur fin, ils souhaitaient en profiter au maximum, si bien qu'ils oublièrent bientôt l'attitude bizarre de Paddington.

Mais Mme Brown y repensa ce soir-là, quand ils allèrent se coucher. Paddington avait disparu incroyablement tôt dans sa chambre, où résonnaient des bruits étranges qui ne lui disaient rien qui vaille.

Après avoir collé l'oreille au mur pendant quelques instants, elle fit signe à son mari de s'approcher.

– Je pense qu'il doit se préparer des sandwichs à la marmelade. Écoute donc, Henry…

– Vraiment ? Je ne vois pas comment tu peux reconnaître ce genre de bruit.

– Avec Paddington, c'est facile, dit Mme Brown. On entend les pots qu'il ouvre et qu'il ferme, puis quand il trempe sa patte, et quand il respire. Mais lorsqu'il fait des sandwichs, il utilise une cuiller, si bien qu'on entend celle-ci cliqueter.

– Alors ce sont de grands pots, dit M. Brown avec un air vague, en se redressant. Et voilà qu'il souffle comme un phoque. On dirait quelqu'un qui gonfle un pneu de bicyclette.

M. Brown avait déjà son propre problème à régler, sans qu'il ait en plus besoin de se soucier de Paddington et de ses sandwichs à la marmelade ! En

123

effet, M. Brown venait de découvrir que son gant de toilette pour le visage, qu'il faisait sécher sur le balcon, avait tout bonnement disparu ! Et à la place, quelqu'un avait laissé une espèce de morceau de tissu-éponge tout noir et plein de graisse. Bizarre... M. Brown ne comprenait absolument pas comment tout cela avait pu se produire.

Sans se douter de l'intérêt qu'il suscitait dans la chambre voisine, Paddington était assis par terre au milieu de la pièce, avec un sandwich à la marmelade dans une patte et une grande clé de mécanicien dans l'autre.

Par ailleurs, il était entouré d'un certain nombre de cartons remplis de pièces détachées, sans parler d'une burette d'huile, d'une pompe à vélo et de tas d'outils.

Devant lui, propre comme un sou neuf et suffisamment rutilant pour que Paddington puisse y voir le reflet de ses moustaches, il y avait un petit tricycle. Tout en dévorant son sandwich, l'ours contempla d'un air enchanté le résultat de sa soirée occupée à faire de la mécanique.

Il avait aperçu ce tricycle quelques jours plus tôt, dans la cour d'un garage situé à l'autre bout du village. Mais jusqu'à ce que M. Dupont lui parle de la fameuse course, Paddington n'y avait pas repensé.

Au début, le garagiste avait été très surpris de le voir débarquer et avait même hésité à louer le vélo à un ours, surtout à Paddington qui n'avait aucune référence à lui présenter, hormis quelques vieilles cartes postales de sa tante Lucy.

Mais Paddington était doué pour les affaires et, après avoir promis de nettoyer l'engin, il avait pu repartir avec. Le garagiste lui avait même prêté la burette d'huile, qui s'était révélée fort utile, puisque le tricycle traînait dans cette cour depuis des lustres et était assez rouillé.

Par chance, il avait trouvé un bout de tissu sur le balcon de la chambre de M. et Mme Brown, ce qui lui avait permis d'enlever le plus gros de la saleté, avant de s'atteler à la tâche consistant à démonter l'engin pièce par pièce pour bien le briquer.

Malgré tout, démonter le tricycle s'était avéré plus facile que le remonter, si bien qu'en finissant son sandwich Paddington remarqua avec étonnement qu'il lui restait deux ou trois pièces d'aspect bizarre dans les cartons.

Après avoir noué son drapeau britannique sur le guidon, en vue de la course du lendemain, Paddington mit le reste des sandwichs à la marmelade dans le panier fixé à l'avant du tricycle, puis grimpa sur la selle avec une lueur d'excitation dans les yeux.

Il était impatient de tester l'engin mais, en roulant un peu, il réalisa bientôt que c'était plus difficile que prévu. Si bien qu'il se mit à regretter de ne pas avoir les pattes arrière plus longues, car c'était drôlement ardu de pédaler tout en restant assis sur la selle.

Outre ce détail, et pour une raison qui lui échappait, il avait du mal à arrêter le tricycle. Plusieurs fois, il percuta même l'armoire par erreur et laissa quelques vilaines traces de pneu ici et là. Une autre fois, alors qu'il tournait au pied du lit, la chaîne sauta et Paddington faillit basculer par-dessus le guidon.

Après plusieurs tours dans la chambre, il dégringola et resta assis là par terre un petit moment, tout en s'épongeant le front avec un vieux mouchoir. Faire du tricycle donnait chaud, surtout dans un espace aussi petit qu'une chambre d'hôtel, et, après avoir vu son reflet une ou deux fois dans le guidon, Paddington décida qu'il était temps d'aller se coucher.

Malgré sa fatigue, il eut du mal à trouver le sommeil, ce soir-là. Outre le fait qu'il était obligé de rester allongé sur le dos avec les pattes avant en l'air pour éviter de tacher les draps, il devait aussi réfléchir à une multitude de choses.

Mais il finit par s'endormir en souriant aux anges. Il avait bien travaillé et hâte d'être au lendemain. Paddington était sûr que ce tricycle étincelant lui offrait de bonnes chances de remporter un prix dans la course cycliste du Tour de France !

Les Brown furent réveillés de bon matin par les allées et venues sur la place. Comme par magie, toutes les décorations du pardon étaient réapparues et le village grouillait d'hommes à l'allure importante avec des brassards.

Une grande effervescence flottait dans l'atmosphère et, toutes les deux ou trois minutes, une camionnette dotée d'un haut-parleur s'adressait à la foule rassemblée sur le trottoir autour de la place et sur les bas-côtés de la colline, à la sortie du village.

Les Brown et Mme Bird s'étaient mis d'accord pour se retrouver sur le balcon de la chambre de Paddington qui bénéficiait d'une jolie vue sur la colline. Mais quand ils arrivèrent, Paddington n'était pas au rendez-vous.

– J'espère qu'il ne va pas tarder, dit Mme Brown. Il sera très déçu de manquer cet événement.

– Je me demande où il a bien pu passer, dit M. Brown. Je ne l'ai pas vu depuis le petit déjeuner.

– Hum ! fit Mme Bird en scrutant la pièce. J'ai ma petite idée !

L'œil de lynx de la gouvernante avait déjà repéré les restes de traces de pneu nettoyées à la hâte. Il y en avait ici et là dans la pièce, puis sur le palier, avant de disparaître dans un escalier qui donnait sur la porte de service de l'hôtel.

Heureusement pour Paddington, avant que Mme Bird puisse en dire davantage, un tonnerre d'applaudissements retentit au-dehors et le sujet fut oublié, tandis que les Brown se penchaient au balcon pour voir ce qui se passait.

– Comme c'est étrange, dit Mme Brown, alors que les applaudissements redoublaient d'intensité et que plusieurs personnes s'étaient mises à pousser des acclamations. Ils ont l'air de nous faire signe.

De plus en plus confus, les Brown firent à leur tour signe à la foule.

– Je me demande pourquoi ils crient «Vive Mister l'Ours», dit M. Brown. Ça ne peut pas avoir un lien avec Paddington… Il n'est pas là.

– Va savoir ce qu'il fabrique encore… J'imagine que nous devons attendre et nous verrons bien…

Les Brown n'étaient pas les seuls à se demander au même moment ce qui se passait, mais, heureusement pour leur tranquillité d'esprit, plusieurs rues les séparaient de la raison même de toute cette agitation.

À l'autre bout du village, Paddington était encore plus intrigué par le déroulement des événements. En fait, plus il tentait d'y réfléchir, plus tout s'embrouillait dans sa tête. Alors qu'il était tranquillement assis sur son tricycle au coin d'une ruelle, en attendant que la course commence, tout en surveillant ses sandwichs à la marmelade dans le panier fixé au guidon, un premier cycliste surgit soudain. Paddington se mit à pédaler pour rejoindre le groupe qui suivait, mais tout parut se dérouler de travers.

Avant qu'il ne comprenne ce qui se passait, il se retrouva pris dans un tourbillon de vélos, de gens qui hurlaient, d'agents de police et de sonnettes qui tintaient.

Il pédala du mieux qu'il put et leva son chapeau pour saluer plusieurs coureurs, mais plus il pédalait et plus il levait son chapeau, plus ils criaient fort et lui faisaient signe, si bien qu'il était trop tard pour changer d'avis et faire demi-tour.

Partout où il posait les yeux, il voyait des vélos avec des hommes en short et en maillot à rayures. Il y avait des vélos devant, des vélos à droite et à gauche. Paddington était trop concentré pour regarder

par-dessus son épaule, mais il était sûr qu'il y avait
aussi des vélos derrière lui, parce qu'il entendait
respirer fort et des sonnettes qui tintaient.

Dans toute cette effervescence, quelqu'un lui tendit
une bouteille de lait. En essayant de la tenir d'une
patte et de lever son chapeau de l'autre, Paddington
dut lâcher le guidon. Il fit alors deux fois le tour d'une
statue au milieu de la rue, avant de rejoindre une fois
encore le flot des cyclistes, tandis qu'ils tournaient à

l'angle d'une rue pour s'engager sur une route menant à la sortie du village.

Heureusement, le chemin grimpait et la plupart des autres coureurs étaient fatigués, si bien qu'en se tenant debout et en pédalant le plus vite possible, Paddington parvint à garder l'allure.

Ce fut en arrivant au sommet de la colline, quand il fallut tourner pour redescendre dans le village, que les choses se corsèrent. Alors qu'il allait se rasseoir sur la selle et faire une petite pause, le temps de retrouver un second souffle, Paddington découvrit avec étonnement que, sans même avoir besoin de pédaler, son tricycle prenait de la vitesse.

En fait, il eut à peine le temps de saluer la foule qu'il se mettait à dépasser les cyclistes en tête du peloton. Il en doubla un, puis deux, puis tout un groupe. Les coureurs le regardaient passer d'un air médusé, tandis que s'amplifiaient les acclamations de la foule massée sur les bas-côtés. Un certain nombre de spectateurs le reconnurent et l'encouragèrent au passage, mais Paddington était trop inquiet pour les remarquer.

Il tenta de freiner au maximum, mais sans résultat. Il semblait même rouler plus vite que jamais et commença à regretter d'avoir peut-être trop graissé les pièces mobiles du tricycle quand il les avait nettoyées.

À présent, les pédales tournaient si vite qu'il se rassit sur la selle et s'empressa de lever les pattes arrière, de peur de les perdre en route !

Ce fut en tirant comme un fou sur le levier du frein qu'il eut son deuxième grand choc de la journée, car celui-ci lui resta dans la patte ! Paddington actionna alors sa sonnette avec frénésie et brandit le levier en dépassant le coureur qui roulait en tête.

– Freinez, Mister l'Ours ! lui cria un homme en anglais quand il reconnut le drapeau britannique accroché au guidon.

– Impossible ! répondit Paddington. Le levier s'est détaché et je crois que j'ai laissé des pièces dans un carton à l'hôtel !

Cramponné au guidon, Paddington dévala la pente menant à la place du village. Des hourras fusèrent dans la foule quand les spectateurs découvrirent qui roulait en tête, mais en soulevant le bord de son chapeau pour jeter un regard paniqué, Paddington ne vit qu'une mer de visages et l'image brouillée de bâtisses qui se dressaient au loin, et tout cela ne lui disait rien qui vaille.

Mais si lui s'inquiétait, les Brown furent carrément saisis de panique.

– Bonté divine ! s'exclama M. Brown. C'est Paddington !

– Il fonce tout droit sur la boulangerie de M. Dupont ! s'écria Mme Brown.

– Je n'ose pas regarder, dit Mme Bird en fermant les yeux.

– Pourquoi diable ne freine-t-il pas ? lâcha
M. Brown.

– Waouh ! fit Jonathan. Il ne peut pas freiner ! Son
levier a lâché !

Ce fut M. Dupont lui-même qui sauva Paddington
au tout dernier moment, en poussant un cri qui couvrit
la clameur de la foule.

– Par ici, Mister l'Ours ! l'interpella-t-il en ouvrant
la grande porte placée sur le côté de sa boutique. Par
ici !

Et sous les yeux ébahis des spectateurs, Paddington fendit la foule et disparut.

Tandis que le reste des cyclistes passaient dans l'indifférence générale, les gens se ruèrent sur la boulangerie. Les Brown jouèrent des coudes pour s'approcher, avant que tout le monde ne manque s'étrangler de stupéfaction en voyant surgir une petite silhouette toute blanche.

Même Paddington n'en croyait pas ses yeux en voyant son reflet dans la vitrine de la boulangerie et il dut se pincer plusieurs fois pour vérifier qu'il allait bien, avant de saluer le public en levant son chapeau et en dévoilant ainsi un petit rond de poils marron.

– Je ne suis pas un fantôme, expliqua-t-il quand les acclamations s'évanouirent. Je crois que j'ai atterri dans un des sacs de farine de M. Dupont !

Tandis que les spectateurs se bousculaient pour lui serrer la patte, le boulanger prit la parole en exprimant le sentiment de tout le monde.

– Nous autres, habitants de Saint-Castille, déclara-t-il, nous souviendrons longtemps du jour où le Tour de France a traversé notre commune !

Il y eut ce soir-là une grande fête au village et tout le monde applaudit quand le maire annonça qu'il décernait à Paddington un prix spécial, ainsi qu'autant de petits pains qu'il le souhaitait.

– Au cycliste non pas le plus rapide à traverser la commune, précisa-t-il parmi les éclats de rire et les acclamations, mais le plus rapide à dévaler la colline ! Nous sommes fiers que quelqu'un de notre village ait remporté ce prix !

Même l'amiral Grundy passa à l'hôtel pour féliciter Paddington.

– Tu as porté haut et fort les couleurs de notre bon vieux drapeau, l'ours !

Plus tard, assis dans son lit au milieu d'une multitude de petits pains, Paddington affichait une mine satisfaite. Outre sa patte en écharpe, il commençait à se sentir un peu courbatu après avoir tant pédalé, et il avait encore des traces de farine sur ses poils, malgré tous les bains qu'il avait pris.

Mais comme le maire l'avait dit, c'était la première fois à sa connaissance qu'un ours remportait un prix dans le Tour de France et Paddington avait de quoi être fier.

Le lendemain, les Brown se levèrent à nouveau de bonne heure, car il était temps de repartir en Angleterre. À leur grand étonnement, tous les villageois semblaient aussi s'être levés tôt pour leur faire leurs adieux.

M. Dupont fut le dernier à leur dire au revoir et semblait triste de leur départ.

– Tout va sembler bien tranquille sans vous, Mister l'Ours, dit-il en serrant la patte de Paddington. Mais j'espère que nous nous reverrons un jour.

– Je l'espère aussi, monsieur Dupont, dit Paddington, avant de lui faire signe et de monter dans la voiture.

Même s'il avait hâte de rentrer et de raconter à M. Gruber toutes ses aventures à l'étranger, Paddington avait du chagrin de quitter tous ces gens sympathiques, surtout M. Dupont.

— Les meilleures choses ont une fin, dit Mme Brown, tandis qu'ils s'éloignaient. Et plus c'est agréable, plus ça nous paraît court.

— Mais si ça ne finissait jamais, dit Mme Bird avec sagesse, nous n'aurions pas le plaisir d'attendre la suite avec impatience !

Paddington hocha la tête d'un air pensif, tout en regardant par la vitre. Il avait adoré ses vacances en France, mais c'était aussi chouette de savoir que chaque jour apportait son lot de nouveautés.

— C'est l'avantage d'être un ours, dit Mme Bird. Les ours vivent des tas d'aventures !

conception
réalisation
mise en page pca

44405 Rezé cedex

MARQUIS

Québec, Canada

Imprimé au Canada
Dépôt légal : janvier 2015
ISBN : 978-2-7499-2272-0

LAF1863